은해상단 막내아들 7

초판 1쇄 발행 2023년 12월 22일

지은이 ι 향란
발행인 ι 최원영
편집장 ι 이호준
편집디자인 ι 한방울
영업 ι 김민원

펴낸곳 ι ㈜ 디앤씨미디어
등록 ι 2002년 4월 25일 제20-260호
주소 ι 서울시 구로구 디지털로 26길 111 JnK디지털타워 503호
전화 ι 02-333-2513(대표)
팩시밀리 ι 02-333-2514
E-mail ι papy_dnc@dncmedia.co.kr
블로그 ι blog.naver.com/gnpdl7

ISBN 979-11-364-5052-4 04810
ISBN 979-11-364-4602-2 (SET)

※ 저자와 협의하여 인지는 붙이지 않습니다.
※ 이 책은 ㈜ 디앤씨미디어(파피루스)가 저작권자와의 계약에 따라 발행한 것으로 본사와 저자의 허락 없이는 어떠한 형태나 수단으로도 내용을 이용할 수 없습니다.

7

향란 신무협 장편소설

은해상단 막내아들

30장. 백대 상단의 회합 …………………… 7

31장. 앞마당 털어먹기 …………………… 35

32장. 대별산 …………………………… 117

33장. 귀중품은 창고에 보관해야지 …… 157

34장. 무당파에 방문하다 ……………… 213

35장. 혈겁의 목적 ……………………… 255

36장. 천기의 의미 ……………………… 297

30장. 백대 상단의 회합

백대 상단의 회합

나는 내 별당으로 돌아왔다.
"괜찮으십니까요?"
"어?"
"걱정이 있어 보이십니다요."
팔갑의 말에 나는 고개를 갸웃했다.
내가 표정 관리를 못 하는 사람이 아니었으니까.
그런 내 의문을 알아차렸는지 팔갑이 말했다.
"도련님의 왼쪽 눈썹이 개미 뒷다리만큼 아래로 처져 있습니다요."
그걸 알아차린다고? 생각보다 세심하네.
그렇다고 해서 내 걱정거리를 그대로 말할 수 없기에 적당히 핑계를 댔다.
"이번에 아버지와 함께 백대 상단의 회합에 가니까, 당연히 걱정되지."
"이번에 그 회합에 가십니까요?"
"응. 천하 백대 상단의 상단주들이 모이는 곳이니 만큼 부담이 되네."
"부담 가지실 것 없다고 생각합니다요. 우리 도련님은 잘나신 분인데 왜 부담을 가지십니까요?"
같이 내 방에 들어와 있던 서우 무사도 이를 거들었다.
"저 역시 팔갑 소이의 생각에 동의합니다. 지금까지 주군이 해 오신 일들은 솔직히 평범한 이들로서는 불가능한 일입니다. 그러니 회합에서도 훌륭한 모습을 보이실 수 있을 겁니다."

.
.
.

시간은 빠르게 흘러갔다.
팔갑과 호위무사들을 비롯한 주변 사람들이 나를 격려해 주었지만, 내 마음속 걱정은 쉬이 사라지지 않았다.
회합이 문제가 아니라 그곳에서 만나게 될 무림맹의 인물들이나 백천상단의 상단주 때문이다.
그러나 이는 다른 이들에게 말할 수 없는 일.
그래서 속으로만 끙끙 앓는 거다.
내가 시간을 거슬러 돌아온 지 벌써 사 년이 다 되어 가고 있었지만, 아직도 내 목을 치던 남궁강 백천상단주의 모습이 눈에 선하다.

진호 형의 잘린 머리는 물론, 나를 따르던 호위들과 팔갑이 비참하게 죽어 가던 모습까지.

그렇기에 남궁강 상단주를 만났을 때 제대로 표정 관리를 할 자신이 없다.

어쩌면 나도 모르게 살기를 내뿜을 수도 있다.

과한 걱정이라고?

이전 삶에서 나는 진호 형의 잘린 머리를 보고 이성을 잃었다.

평소의 나는 아무리 머리끝까지 화가 나도 이성을 잃지 않았는데 말이다.

지금의 나는 그때보다 더 침착해졌다고 생각하지만, 어쨌든 그런 일이 있었으니 나도 확신할 수가 없는 것이다.

자칫 나로 인해서 우리 상단에 피해가 가거나 하면 지금껏 내가 준비한 것들은 헛수고가 된다.

안 되겠다.

아무리 고민해 봐도 답은 하나다.

아직 나는 무림맹의 앞마당에서 백천상단주를 만날 준비가 되어 있지 않았다.

아버지에게 진호 형과 다녀오시라고 해야겠다.

그때 내 뒤에서 팔갑이 말했다.

"잡화점의 어르신 아니십니까?"

"응?"

은해상단의 뒤쪽에는 산책하기에 좋은 오솔길이 있다.

이제 완연한 가을로 접어들면서 날씨도 선선하여 산책

하기 제법 좋았다.

지금 나는 혼란스러운 마음을 정리하기 위해 산책을 하던 중이다.

팔갑의 목소리에 나는 정신을 차리고 앞을 보았다.

앞에서 잡화점의 귀면포 노인이 걸어오고 계셨다.

나는 얼른 그에게 포권했다.

"어르신을 뵙습니다."

"오냐, 여기는 어쩐 일이냐? 눈코 뜰 새 없이 바쁜 녀석이?"

"그야 가끔 이렇게 기분 전환을…… 그런데 어르신이야말로 여기는 어쩐 일이십니까?"

"석청이 건강에 좋다고 해서 석청을 따서 가던 중이다."

그러고 보니 잡화점 노인은 손에 상자 하나를 들고 있었는데, 그 안에는 딱 봐도 진해 보이는 석청이 담겨 있었다.

이 정도 석청이라면 벌이 꽤 달려들었을 것 같은데…….

내가 누굴 걱정하고 있는 거지.

잡화점 노인은 귀면포로 명성을 날리던 분이다. 못해도 초절정의 고수이실 터.

"그런데 산책을 해도 기분 전환이 되지 않았나 보구나."

잡화점 노인이 말을 이었다.

"기분 전환할 땐 달콤한 게 최고지. 따라오너라. 석청으로 꿀물이라도 한 잔 타 주마."
"돈 받습니까?"
내 물음에 노인이 피식 웃었다.
"이번에는 안 받을 테니까 따라오기나 해라. 이놈아."

.

.

.

잠시 후,
나는 귀면포 노인의 잡화점에 들어왔다.
노인은 막 따 온 석청을 넣고 꿀차를 타서 내주었다.
그리고 나를 따라온 팔갑과 호위무사들에게도 한 잔씩 주었다.
"감사합니다."
"잘 마시겠습니다."
여웅암 무사는 무림의 대선배에게 받은 꿀차에 감격한 듯 보였다.
나는 찻잔을 들어 꿀차를 한 모금 마셨다.
음, 달아…….
꿀을 얼마나 많이 넣으셨는지, 꿀차가 아니라 그냥 꿀을 먹는 것 같았다.
하지만 덕분에 금방 기분이 한결 나아졌다.
그래서였을까?
나는 노인에게 툭 하고 질문을 던졌다.

"어르신, 만약 철천지원수의 집에서 철천지원수를 만나야 하는 상황이 된다면 어찌하시겠습니까?"

"음? 그건 왜 묻느냐?"

"그냥 어르신은 어찌하시려나 궁금해서 여쭈어봤습니다. 대답해 주시지 않아도 됩니다."

"질문하고 대답이 필요 없다니. 사람 놀리느냐?"

"아, 아닙니다. 그냥……."

"만남을 피해야 하느냐 그냥 만나야 하느냐, 그걸 묻고 싶은 것이냐?"

"……."

"나라면, 그냥 가서 만난다."

"네?"

"철천지원수라는 건 그만큼 강한 증오심을 가지고 있다는 말이지. 하지만 그 증오심을 쉽게 내보일 정도면 철천지원수는 아니라고 본다."

"네?"

"그만큼 가벼운 감정이라는 의미니까."

"……."

"철천지원수라는 건 복수를 전제로 하는 말이겠지? 군자의 복수는 십 년이 걸려도 늦지 않는다는 말이 있다. 그 말은 즉, 완벽한 복수를 위해서는 인고하고 또 인고해야 한다는 말이다."

노인은 잠시 시간을 두고는 말을 이었다.

"이만하면 대답이 되었느냐."

"네. 참고 견디라는 말씀이군요."

"그것도 그렇지만, 나 같은 경우에는 그런 자를 만나는 자리가 무척이나 설레더구나."

"네?"

원수를 만나는 자리가 설레다니? 그게 무슨 소리인지 몰라 고개를 갸웃했다.

노인은 그런 나를 보며 씩 웃었다.

"내가 성격이 그리 좋지 않아서 말이지. 그자가 계획하던 일이 엉망이 되었다는 소식을 들었을 때 어떤 표정을 지을지 상상을 하니까 설레서 말이지. 흐흐흐흐."

그 말에 나는 뭔가 퍼뜩 떠오르는 것이 있었다.

그러고 보니 이때 즈음에 낙양에서 얻을 수 있는 것이 있다.

자세히 말하면, 얻을 수 있는 것들이다.

그중 하나는, 백천상단이 버린 것이다.

쓸모없다고 생각해서 버렸는데, 그게 보물이었다.

나중에서야 버려서는 안 되는 보물이었음을 깨닫는다면, 백천상단 입장에서는 엄청 속이 쓰리고 배가 아프겠지?

노인이 말한, 설렌다는 말이 이런 것이구나.

노인은 자신의 성격이 좋지 않아서 설렌다고 했는데, 사실 나도 성격이 좋지는 않다.

낙양에 가서 얻을 수 있는 것들을 생각하니 무척이나 설레기 시작했다.

백대 상단의 회합 〈15〉

나를 죽인 백천상단주를, 그것도 무림맹의 앞마당에서 만나야 한다는 사실이 내게 꽤 부담으로 다가온 듯했다.
 미래를 알고 있다는 강력한 무기를 잊어버렸을 정도로 말이다.
 나는 피식 웃었다.
 방금까지 고민하고 고민했던 일이 이렇게 순식간에 해결되다니!
 역시 귀면포 노인은 우리 상단의 고문 확정이다.
 그렇게 생각하며 남은 꿀차를 한 모금 마셨다.
 "윽!"
 "왜 그러느냐?"
 "대체 꿀을 왜 이렇게 많이 넣으신 겁니까?"
 노인이 버럭 소리를 질렀다.
 "줘도 타박이네? 먹기 싫으면 내놔라. 이놈아! 그거 백 년 묵은 석청이……."
 나는 얼른 찻잔을 손으로 가리며 말했다.
 "치사하게 줬다 뺏기 없습니다!"

　　　　　　＊　＊　＊

 잡화점 노인은 멀어져 가는 은서호의 뒷모습을 보았다.
 아까와 달리 발걸음이 무척 가벼워 보였다.
 노인은 은서호의 찻잔을 슥 보았다.

"자식이, 다 먹을 거면서……."

 하필이면 자신이 석청을 따 왔을 때 은서호를 만난 것을 보면 하늘이 뭔가 일을 하기는 하는 듯했다.

 '철천지원수라…….'

 그에게도 철천지원수가 있었다.

 자신의 친우이자 주군인, 지금의 황제를 죽이려던 자였다.

 문득, 그자의 뒤통수를 쳤던 기억이 떠오르며 웃음이 나왔다.

 진짜 속이 시원했으니까.

 그러나 그것도 옛날 일이다.

 지금 그자는 구천의 넋이 되었으니까.

 그는 이번에 은서호가 낙양에 간다는 것을 알고 있다.

 그리고 은서호가 말한 철천지원수가 누군지도 알 것 같았다.

 '아마도 무림맹이겠지.'

 황제가 그에게 보내온 서신에는, 무림맹과 은서호의 관계에 대한 추측이 적혀 있었다.

 '정확히는 무림맹이 앞세운 상단인, 백천상단이 원수라는 거겠지.'

 그 외에는 무림맹과 접점이 없었으니까.

 잡화점 노인도 백천상단에 대해 알고 있었다.

 현재 천하 백대 상단 중 다섯 손가락 안에 드는 곳인 만큼 모를 수가 없었다.

백대 상단의 회합 〈17〉

그리고 그가 황제의 수족으로 있었기에 알고 있는 사실이 있다.

그건 백천상단의 목적이 돈에 있지 않다는 거다.

상단으로서의 본분에 충실한 것 같으면서도 가끔 이해할 수 없는 행동을 했으니까.

그는 피식 웃었다.

다행히도 자신의 조언이 은서호에게 도움이 된 듯했다.

자신의 말을 듣자마자, 은서호가 과거 자신이 짓던 그 미소를 지었으니까.

이번에 그가 낙양에 가서 무슨 깽판을 치고 돌아올지 기대가 되었다.

'이래서 내가 이곳을 떠나지 못한다니까.'

* * *

어느덧 낙양으로 떠날 시간이 되었다.

천하 백대 상단의 회합이니만큼 품위를 유지하기 위해서 꽤나 고급스러운 마차가 준비되었다.

아버지는 치장하는 것을 별로 좋아하지 않으셨지만, 어쩔 수 없다.

나도 이전 삶에서 참석해 봐서 아는데, 다른 자들은 우리보다 더 화려하게 치장하고 참석한다.

비싼 것들로 몸을 휘감지 않으면 상단이 어렵다는 소문

이 도는 건 순식간이다.

그러니 상단이 건재하다는 것을 알려 주기 위해서라도 어쩔 수 없다.

나는 준비를 마치고 차장으로 향했다.

호위무사들도 회합에 참석해야 하는 만큼, 그들 역시 평소와 다른 옷을 입었다.

"이 옷, 상당히 비쌀 텐데…… 이거를 입고는 부담스러워서 검을 휘두르지 못할 듯합니다. 하하하."

여응암 무사의 말에 이필 무사가 피식 웃었다.

"여 형님, 이제 보니 간이 생각보다 작으신 듯합니다."

"뭔 소리냐? 내 간이 작다니?"

"앞으로 이런 옷을 입으실 일이 많으실 테니 미리미리 적응해 두시는 편이 좋을 겁니다."

"그래도 옷 한 벌에 한 달 치 월봉이다!"

"저희가 어떤 옷을 입고 있느냐에 따라서 주군의 위상이 달라집니다. 모시는 이들까지 비단옷을 지어 입힐 정도라는 것을 은근히 보여 주기 위함이지요."

그들의 대화에 나는 피식 웃었다.

이필 무사는 사천당가 출신이다. 비록 배는 고프고 많이 고달팠지만, 고급 교육을 받으며 겉보기에는 번지르르하게 살았었다.

그래서 이런 것들을 제대로 이해하고 있었다.

"이필 무사님의 말대로입니다. 그러니 불편해도 조금만 참아 주세요."

"아, 아닙니다! 불편하지 않습니다."

여응암 무사가 손을 저었다.

"비단이 참 부드러운 것이, 움직임도 편합니다."

비단은 질기고 튼튼해서 방어용으로 좋은 데다가, 무사들을 위해 움직이기 편하게 만들어져 있어서 무기를 쓰는 데 불편함은 없을 터였다.

단 하나, 심리적인 부담감이 문제였다.

아직 여응암 무사의 표정이 편하지 못한 것을 보니 심리적인 부담감이 덜어지지 않은 모양이다.

"여 무사님."

"아, 네!"

"지금 입으신 옷이 비쌉니까? 제 목숨이 더 비쌉니까?"

"비교의 대상이 되지 못합니다."

"맞습니다. 비교의 대상이 되지 못하죠."

나는 미소 지으며 말을 이었다.

"비단옷이 아까워서 검을 휘두르지 못하시면, 제 목숨은 누가 지켜 주나요."

"아!"

내 말에 여응암 무사는 얼른 포권했다.

"제 생각이 짧았습니다."

"괜찮습니다. 이해하니까요. 솔직히 저도 아깝긴 하거든요."

나는 웃으며 말을 이었다.

"그래도 어쩔 수 없죠. 회합은 전쟁터이고 이 옷들은

갑옷이니까요. 그러니까 부담 가지지 말라는 겁니다."

우리는 곧 차장에 도착했다.
얼마 지나지 않아 아버지와 어머니께서도 도착하셨다.
천하 백대 상단의 회합은 부부동반이 기본이다.
상단의 안주인들끼리의 모임도 따로 있을 정도.
아버지는 물론이고 어머니 역시 고급 비단으로 만든 옷을 차려입으셨다.
"출발 준비되었습니다."
상단주 부부가 모두 움직이는 만큼, 호위를 위한 인력 역시 넉넉하게 꾸려졌다.
고일평 외총관이 직접 나서고, 은풍대에서도 일 조와 이 조를 차출했다.
이를 본 서우 무사가 감탄했다.
"일검진천 총관님에 은풍대가 두 개 조라니! 이번에 저희가 나설 일이 있을지 모르겠습니다."
그 말에 나는 하하 웃었다.
이번에 내 호위들이 해 줘야 할 일이 좀 많다.
낙양에 간 김에 내가 얻을 수 있는 건 모조리 싹 걷어 올 생각이니까.
백천상단이 버린 것도 주워 오고.
그러니까, 무림맹의 앞마당을 털러 가는 거다.
얼마 전까지만 해도 걱정이었지만, 잡화점 노인의 조언 덕분에 지금은 아니다.

내가 얻을 것을 생각하니, 무척 설렜다.

　　　　　　＊　＊　＊

하남에 위치한 낙양은 중원과 관중을 잇는 교통의 요지임과 동시에 군사 요충지다.

산맥과 하천으로 둘러싸여 있기 때문이다.

주변의 넓은 평야에서 나오는 소출로 인해 윤택한 땅이기도 했기에, 낙양은 번화한 도시의 상징인 항주나 소주 못지않게 화려했다.

또한 무림맹이 자리 잡은 곳이기도 하다.

내가 볼 때 무림맹은 그런 지리적인 이점을 노리고 낙양에 터를 잡은 듯했다.

지금 나는 마차를 타고 낙양으로 향하는 중이다.

주변의 단풍들 덕분에 가는 동안 심심하지 않았다.

내가 아니라, 팔갑이.

"오! 저기 저 단풍, 겁나게 예쁩니다요."

"응."

"어메! 저렇게 예쁜 단풍은 처음입니다요."

"응."

나는 마차를 타고 가는 내내 일거리를 손에서 놓을 수가 없었다.

아버지도 나처럼 가는 내내 문서를 보고 계실 터.

그때 마차 옆에서 말을 타고 가던 서우 무사가 말했다.

"이제 곧 대별산입니다."

대별산은 안휘와 하남과 호북, 이렇게 세 지역에 걸쳐 있는 무척이나 큰 산이다.

바로 이곳에 내가 얻을 수 있는 게 있다.

하지만 지금은 때가 아니기에, 일을 마치고 돌아올 때 얻을 생각이다.

.
.
.

그렇게 열흘 정도를 이동한 우리는 마침내 낙양에 도착할 수 있었다.

숙소는 제공되지 않았기에 따로 객잔에 묵어야 했다.

하여 이번 회합에 대한 최종 날짜와 장소가 나왔을 때 은해상단에서는 재빨리 사람을 보내 객잔에 예약을 걸어 놨었다.

우리가 이번에 묵을 곳은 [송비객잔]이다.

아버지는 객잔으로 들어가시며 말씀하셨다.

"처음 천하 백대 상단에 들었을 때, 객잔을 미리 잡아놔야 한다는 것을 알지 못해서 아버님께서 난처해하셨던 것이 기억나는구나."

"아무래도 백대 상단의 회합이니만큼 사람들이 많이 몰려들었을 테니까요."

"그래, 다행히 다른 상단의 상단주가 우리의 사정을 알고는 방을 몇 개 내어주었지. 덕분에 길거리에서 자는 꼴은 면할 수 있었단다."
"참 고마운 상단이네요."
"너도 곧 만나게 될 거다. 명명 상단이라고."
"아! 그곳은 천하 삼대 상단 중에 하나가 아닙니까?"
"맞다."

명명 상단은 삼대 상단 중에 하나로서, 전 중원을 대상으로 활동하는 상단이다.

그들의 주 거래 품목은 도자기 및 향신료이며, 특히 후추를 독점 거래하면서 천하 삼대 상단으로 발돋움했다.

그때 아버지의 수석 부관인 유대익 부관이 우리에게 다가왔다.

"방을 확인했습니다."
"고맙네."

유대익 부관과 함께 온 중년의 남자가 공손하게 포권했다.

"상단주 대인을 뵙습니다. 저는 이곳 송비객잔의 객잔주 송백이라고 합니다."
"은해상단주 은길상이네. 잘 부탁하지."
"물론입니다. 방을 안내해 드리겠습니다."

송비객잔은 제법 큰 객잔인데, 객잔주가 직접 응대를 하는 것을 보니 괜히 이런 큰 객잔을 운영하는 것이 아니구나 싶었다.

객실은 사 층까지 있었는데, 우리의 객실은 삼 층에 있었다.

그리고 이 층과 사 층에는 은풍대의 무사들과, 따라온 상단의 직원들이 묵게 되었다.

윗사람이 묵는 객실 위에서 묵는 것에 대해 거부감을 느끼는 자도 있겠지만, 이건 부모님과 내 안전을 위한 거다.

지붕을 이용하여 이동하는 고수들이 있는 세상이다.

그렇기에 지붕에서 바로 방 안으로 들어갈 수 있는 최상층은 위험한 곳이다.

지극히 당연한 방 배치기는 한데, 내 입장에서는 조금 곤란하다.

밤에 몰래 나가 낙양에서 쓸어 와야 하는 것들이 있었으니까.

잠시 고민하던 나는 머리를 썼다.

"아버지. 제 방 바로 위의 방은 제 호위들이 사용했으면 합니다."

호위무사는 은풍대와 달리 지근거리에서 호위하는 이들이니만큼, 원래 그들은 내 양쪽 옆방에 머물러야 했다.

"아무래도 뭔가 일이 생겼을 때 위에서 바로 창문을 통해 올 수 있으니까요."

"그렇겠구나."

그렇게 내 옆방에는 여응암 무사와 진유 무사가, 위쪽 방에는 이필 무사와 서우 무사가 묵게 되었다.

그리고 팔갑은 아버지의 시종과 함께 묵는 것으로 모든 방 배치가 끝났다.

잠시 후,

따스한 물에 씻고 옷을 갈아입은 우리는 저녁을 먹기 위해 일 층으로 내려왔다.

잠시 기다리고 있으니 아버지와 어머니도 내려오셨다.

이미 유대익 부관이 음식을 주문해 놓았기에, 곧바로 음식들이 나왔다.

주로 낙양의 명물이라 할 수 있는 음식들이었는데, 돼지고기를 볶은 볶음 요리와 다양한 버섯과 무채를 함께 끓인 국물 요리 등이었다.

우리는 맛있게 식사를 했다.

호북 사람인 우리의 입맛에도 맛있게 느껴지는 것을 보니, 숙수가 우리의 식성을 고려한 듯했다.

세심한 배려에 기분이 좋아졌다.

식사를 마치고 차를 마시고 있을 때 아버지가 말씀하셨다.

"그러고 보니 너는 이번 백대 상단의 회합이 처음인데, 하나 말해 주지 않은 것이 있구나."

"네? 무엇을 말씀이십니까?"

"사실 백대 상단의 회합에는 재미있는 여흥거리가 하나 있단다."

"여흥거리요?"

"그래, 회합에 참석하는 이들에게는 은자를 닮은 둥근 패가 하나씩 지급된단다. 그걸 허리춤에 달고 회합을 즐기는 거지."

나도 알고 있는 여흥이다.

이전 삶에서 정호 형과 함께 백대 상단 회합에 참석했을 때도 이 여흥을 즐겼었다.

하지만 지금의 나는 처음 듣는 이야기니 만큼 경청하는 자세를 유지했다.

"그리고 회합의 종료를 선언할 때까지 은패를 지킨 사람들에게 그 은패가 선물로 제공되지.

"은패를 지킨다고요?"

"그래, 회합을 하는 동안 대체 누가 가져갔는지 모르게 아주 감쪽같이 은패가 사라지거든."

아버지의 말에 어머니가 웃으며 말씀하셨다.

"네 아버지와 형들은 물론이고, 이 어미도 한 번도 지키지 못했단다."

"정말 어려운 모양이네요. 그런데 혹시…… 상단에서 도둑을 섭외하는 건가요?"

"네 말대로다."

이 여흥은 아주 오래 전 한 상단주의 지혜에서 시작되었다.

이 회합은 천하 백대 상단의 상단주를 비롯한 관계자들이 모인 자리이다.

각종 금품과 보화가 넘쳐나는 자리이니만큼 도둑들에게 있어 한몫 잡을 아주 좋은 기회였다.

물론 호위들이 철저하게 지키고는 있었지만, 대도에게 있어 호위가 있든 없든 상관없는 일이다.

도둑들로 인해 불미스러운 일이 생기곤 하자 당시 회합을 주최한 상단주는 고민 끝에 커다란 방을 하나 붙였다.

[회합에 참석하는 이들은 모두 은패를 하나씩 허리춤에 달고 있겠다. 훔칠 수 있으면 훔쳐 봐라.
 은패를 훔친 것에 대해서는 아무런 말도 하지 않겠다.
 하지만 다른 물건을 훔친다면, 반드시 찾아내어 추포하겠다.]

이는 일종의 도전장이었고, 그건 대어를 노리고 모여든 도둑들의 호승심에 불을 지폈다.
그렇게, 백대 상단의 회합 때만큼은 도둑들이 은패만 노리는 것이 관례가 된 거다.
지난 삶에서, 나는 은패를 두 번 잃었다.
이에 나도 모르게 오기가 생겼고, 이런저런 방법을 연구하여 그다음부터는 은패를 지켰다.
그때 얻었던 은패들이 꽤 짭짤했던 기억이 났다.
그보다 나는, 은패를 신출귀몰한 솜씨로 훔치는 도둑에 대해 더 관심이 있다.
이전 삶에서는 은패를 뺏기지 않는 것에만 급급했지만 지금 생각해 보니 참 아까운 기회를 놓친 거였다.
최고의 경비 전문가를 섭외할 기회였는데 말이다.
열 사람이 도둑 하나를 막지 못한다는 말이 있다. 열 사람은 도둑이 아니기 때문이다.

뱀의 길은 뱀이 가장 잘 알듯이, 도둑의 수법은 도둑이 가장 잘 아는 법이다.

그래서 이번에 대도 하나를 섭외할 생각이다.

"어? 이게 누군가? 은해상단의 은 상단주 아닌가?"
그때 갑자기 들린 목소리에 고개를 돌렸다.
한 중년의 남자가 문을 열고 들어오고 있었는데, 입은 옷부터가 꽤나 고급스러워 보인다.
그와 안면이 있었는지, 아버지가 얼른 자리에서 일어나 그를 맞이했다.
"오랜만에 뵙습니다, 사 상단주님."
"그간 잘 지냈나?"
"네, 상단주님도 잘 지내셨습니까?"
"나도 잘 지내고 있었네."
아버지는 그와 그 옆의 부인인 듯한 여자를 데리고 우리에게 다가왔고, 소개해 주었다.
"오랜만에 뵙습니다."
어머니는 공손하게 인사했다.
"여기는 제 막내아들이자 소단주 중 하나인 은서호입니다. 그리고 이분은 홍련상단의 사구철 상단주님이시다."
"처음 뵙겠습니다. 은서호라고 합니다."
"오! 그 명성이 자자한 선협미랑이로군!"
나를 바라보는 사구철 상단주의 눈에는 호의가 듬뿍 담

겨 있었다.
하지만 그게 너무 과해 부담스러울 정도였다.
"해야 할 일을 했을 뿐인데, 너무 과분한 이름을 얻었습니다."
나는 그렇게 겸양을 표하며 속으로 한숨을 내쉬었다.
홍련상단은 섬서에 본단을 두고 있는 상단이자, 작년에 발표된 천하 백대 상단 중 사십오 위에 위치한 상단이다.
우리 상단보다 조금 크거나 비슷한 정도.
홍련상단이 취급하는 물건은 무기다.
황실에도 군수물자를 공급하고 있는데, 질이 좋은 무기를 만들어 공급하는 것으로 신뢰를 쌓았다.
내가 듣기로 홍련상단의 역사는 참 특이했다.
홍련상단의 초대 상단주는 원래 무사였다고 한다.
마음에 드는 검이 없다는 것에 화가 난 초대 상단주는 직접 검을 만들겠다면서 야장의 제자로 들어갔다.
무공보다 제작에 더 재능이 있었는지, 그는 결국 뛰어난 검을 만들 수 있는 기술과 실력을 갖추게 되었다.
그게 입소문이 나면서 점점 그가 만든 무기를 찾는 이들이 많아지게 되었다.
그렇게 이 대 삼 대 세월이 흐르다 보니 어느새 천하 백대 상단 안에 들게 된 거다.
그나저나 섬서에까지 내 명호가 퍼지다니.
"과분하다니! 무슨 말인가? 우리 섬서 상인들이 자네에게 얼마나 고마워하고 있는지 아는가?"

"네?"

"그 섬서갈을 잡은 영웅이 바로 자네이지 않나?"

아…….

그제야 나는 사구철 상단주가 나를 부담스러울 정도로 호의 가득한 눈으로 본 이유를 알 것 같았다.

작년 여름이었나?

섬서성으로 복차를 거래하러 갔을 때 섬서갈이 우리 은해상단을 상대로 사기를 친 일이 있었다.

나는 당하고만 있지 않는 성격.

섬서갈을 잡아 현청에 넘겼었다.

나는 어색하게 웃으며 대답했다.

"많은 분의 도움이 있었기에 잡을 수 있었습니다. 제가 한 건 그리 많지 않습니다."

"허허, 지나친 겸손도 예의가 아니라고 했네. 내가 자네의 활약을 잘 아는데 말이야."

그는 말을 이었다.

"현청의 포두들이 누구에게 무기를 받아 쓰겠는가?"

"하하하."

그렇다면 할 말이 없다.

"그자가 그렇게 계속 설쳐 댔다면 우리 섬서의 상인들은 골치를 썩였을 터. 자네는 대단한 일을 해 주었네."

그러고는 아버지에게 웃으며 말했다.

"참으로 장한 아들을 두셨소이다."

"제 아들이 좀 잘나긴 했습니다. 하하하."

아이고, 아버지.
아들 얼굴에 금칠을 하시네요.
그때 사구철 상단주의 부인이 말했다.
"소단주의 연치가 열다섯 정도밖에 안 되어 보이는데, 참으로 장하네요."
어머니가 대답했다.
"이제 열여덟 살이 되었습니다."
"어머? 그런가요?"
그녀는 옆의 사구철 상단주에게 말했다.
"그러고 보니 저희 막내딸 연미의 나이가 열일곱입니다."
그 말에 나는 순간 등골이 쭈뼛 섰다.
이거, 위험하다.
나는 다급하게 말했다.
"먼 길 오시느라 피곤하실 텐데 저희가 너무 오래 붙잡고 있는 게 아닌가 합니다."
내 말에 아버지도 고개를 끄덕였다.
"섬서에서 이곳까지 제법 먼 길을 오셨는데, 가서 쉬시고 내일 이야기하는 게 좋겠습니다."
"아, 그래야겠군."
그렇게 두 분을 객실로 보내고 나서야 나는 속으로 안도의 한숨을 내쉬었다.
내 나이 열여덟.
이제 몇 달만 있으면 열아홉이 된다.
혼인을 하는 것이 흔한 나이이기는 했지만, 나는 아직

혼인할 생각이 없다.

 나에게는 은해상단을 천하제일 상단으로 만드는 것뿐만 아니라 무림맹과 백천상단에 복수하겠다는 목표가 있다.

 나와 혼인한다면, 부인 역시 나로 인해 희생할 수밖에 없다.

 그건 싫다.

 복수를 위한 희생은, 이전 삶을 기억하고 있는 내가 감당해야 하는 것이다.

 그때 어머니께서 아버지께 말씀하는 소리가 들렸다.

 "우리 서호가 인기가 많나 보네요."

 "그럼요, 나를 닮았으니 인기가 많은 건 당연하지요."

 "처음 뵈었을 땐 참 멋진 분이셨지요. 호호호."

 "지금은 안 그렇다는 말이오?"

 "가슴에 손을 올리고 말씀하세요."

 "……"

.

.

.

 밤이 되었다.

 나는 침상에서 일어나 허매경을 꺼냈다. 그리고 허매경으로 침상에 누워 있는 내 형상을 만들었다.

 저 멀리서 자시(子時:23시~01시)를 알리는 북소리가 들렸다.

"이제 슬슬 팔갑이 올 때가 되었는데."

호랑이도 제 말 하면 온다고, 문밖에서 팔갑의 목소리가 들렸다.

"도련님, 저 팔갑입니다요."

"들어와."

문이 열리고 팔갑이 들어왔다. 그리고 침상에 누워 있는 나와 그 옆에 서 있는 나를 보고 깜짝 놀랐다.

"어! 씨! 깜짝이야!"

"왜 그렇게 놀래?"

"그럼 안 놀라게 생겼습니까요? 침상에 한 놈이 누워있고, 옆에 한 분이 서 있는데."

나는 피식 웃었다.

"그럼, 나 나갔다 올게."

3장. 앞마당 털어먹기

앞마당 털어먹기

낙양의 밤거리는 화려했다.
지금 나는 그 밤거리를 걷고 있었다.
화려한 비단옷이 아닌, 평범한 면직물로 된 옷을 입고 삿갓까지 쓴 우리의 모습은 누가 봐도 백대 상단에 속한 자제와 그 호위들의 모습이 아니었다.
이런 모습이 딱 좋았다.
괜히 화려한 옷차림으로 돌아다니다가 다른 사람의 눈에 띄면 내가 손에 넣어야 하는 것을 다른 사람이 가로챌 수도 있었으니까.
"주군, 지금 어디로 가는 겁니까?"
서우 무사가 물었다.
현재 나는 여응암 무사와 서우 무사를 대동하고 길을 걷고 있었다.

비록 허깨비지만 주군인 내가 객잔 안에 있는데 호위들을 전부 데리고 온다면 문제가 될 수도 있기 때문이다.

그래서 한 방에서 한 명씩, 둘만 데리고 나온 것이다.

하지만 서우 무사는 절정의 고수이고, 여응암 무사도 완숙한 일류 무사다.

그리고 나 역시 절정의 수준이고.

안전을 걱정할 필요는 없었다.

"주인 없는 물건 주우려고요."

"네?"

다들 의아한 눈빛이다.

하지만 지금 내가 아는 정보는 이전 삶의 정보이기에 그대로 말할 수는 없는 노릇이라 적당히 둘러댔다.

"전에 제가 북경의 서책방 거리를 갔던 것 기억하시죠?"

"네. 기억합니다."

"그때 샀던 서책에서 재밌는 쪽지를 발견했거든요. 그래서 그게 진짜인지 확인하려고요."

"네?"

"누군가의 장난일 수도 있습니다. 하지만 진짜면 좋은 거고, 누군가의 장난이어도 이 낙양 밤거리를 걸을 수 있으니 좋은 거죠."

"그러니까 보물 지도를 발견하셨다는 겁니까?"

"그런 셈이죠."

나는 말을 이었다.

"그리고 솔직히 가슴속에 보물 지도에 대한 낭만 하나쯤은 다들 품고 있지 않습니까?"

내 말에 여응암 무사와 서우 무사는 피식 웃었다.

왜 웃지?

하지만 왜 웃냐고 묻기가 좀 그래서 그냥 그러려니 했다.

그러는 사이 우리는 한 버려진 장원에 도착했다.

"이곳이 오늘 밤의 목적지입니다."

다 쓰러져 가는 장원의 모습에 여응암 무사가 말했다.

"귀신이라도 나올 것 같군요."

그 말에 대답한 건 서우 무사다.

"그럴지도 모르겠군요."

"네?"

"사실 이곳은 혈겁이 일어났던 곳입니다. 그때 억울하게 죽은 이들이 귀신이 되어 나타날지도 모르죠."

"혀, 혈겁이라니요?"

서우 무사가 차분히 말을 이었다.

"저도 예전에 들은 이야기입니다. 이곳의 장주는 돈이 무척 많았다고 합니다. 하지만 그 장주는 흑도의 사이한 무공에 심취하게 되었고, 이내 미쳐 버렸다고 합니다."

"……."

"결국, 그는 식솔들을 마구 학살하기 시작했고, 무림맹에서 나선 후에야 상황이 마무리되었다고 합니다."

서우 무사는 숨을 돌리고 말을 이었다.

"그런 혈겁이 일어났는데, 이곳에서 누가 살겠습니까? 게다가 그 혈겁으로 인해 장주의 일가친척들 모두 죽었기에 이렇게 주인 없는 곳이 되어 방치된 겁니다."

그러더니 내게 물었다.

"그래도 이 안에 들어가실 겁니까?"

"네."

"알겠습니다. 그럼 제가 앞장서겠습니다."

그리고 사방을 경계하며 안으로 들어갔고, 나와 여응암 무사가 뒤를 따랐다.

안은, 정말 휑했다.

혈겁이 일어났다는 말이 사실인지 온갖 집기들이 파손된 채 어지럽게 널브러져 있었다.

하지만 그 외에는 그 어떤 것도 남아 있지 않았다.

그걸 보며 여응암 무사가 물었다.

"뭔가 이상하군요. 돈이 엄청 많은 곳이라고 했는데, 남은 생존자는 없었다고 하지 않았습니까? 그러면 재물은 관에서 정리했을 텐데, 왜 이 장원은 정리되지 않은 겁니까?"

"그 혈겁이 터지고 곧바로 도둑이 들었다고 합니다. 관에서 뭔가 수습하기도 전에 재물들을 털어가 버렸다고 합니다."

"그렇군요. 그러면 이렇게 방치된 게 이해가 갑니다."

역시 서우 무사는 전직 표두답게 이 장원에 대해서 잘 알고 있었다.

하지만 그런 그가 모르는 사실이 있다.

바로 그 도둑들의 정체가 백천상단이었다는 것.

내 지난 삶에서 참석했던 백대 상단의 회합에서 이곳이 화제가 되었던 적이 있었다.

정확히 말해서, 이곳에서 발견한 보물이 화제가 된 것이다.

그때 나는 백천상단주가 그의 부관과 하던 이야기를 들을 수 있었다.

"분명 남아 있는 게 없었다고 하지 않았나."
"몇 번이고 확인했습니다."

그땐 그 이야기가 무엇에 대한 건지 몰랐지만, 나중에 알게 되었다.

이 장원에 대한 이야기라는 것을.

나는 피식 웃으며 내가 들었던 정보를 떠올렸다.

그때 분명 그랬지. 왼쪽에 있는 건물의 뒤쪽에 커다란 항아리가 묻혀 있다고.

잠시 주변을 살핀 서우 무사가 말했다.

"아무도 없습니다."

나는 고개를 끄덕였고, 왼쪽 건물의 뒤쪽으로 향했다.

곧 누렇게 시들어 가는 풀이 무성한 공터를 발견했다.

그때였다.

내 소매 속에 있던 금령이 고개를 내민 것은.

그걸 보며 나는 헛웃음을 지었다.

이 녀석, 진짜 돈 냄새는 기가 막히게 잘 맡는구나.

나는 금령이에게 말했다.

"여기에 돈이 될 만한 게 있다는 걸 안 거지? 어디에 있는지 찾아 봐."

"꾸?"

"찾으면, 은자 하나 줄게."

내 말에 금령은 고개를 저었다. 이제 나를 상대로 거래를 하네.

하지만 금령이 이렇게 나온다는 건 은자 하나로는 수지가 맞지 않는다는 거겠지.

여기서 찾을 수 있는 건 엄청난 가치가 있다는 의미이기도 하고.

진짜 감이 좋네.

그래서 곧바로 단가를 올렸다.

"금자로 하나 줄게."

내 말에 금령은 신이 난다는 듯 엉덩이를 씰룩이며 공터에 섰다.

그리고 뽈뽈거리며 돌아다녔다.

흔들거리는 꼬리에서 신남이 느껴졌다.

그러다가 갑자기 어느 순간, 한 자리에 멈추더니 곧 그 자리를 파기 시작했다.

파파파파팟-!

땅을 파는 기세가 대단했는데, 열 사람 몫을 금령 하나가 해내고 있었다.

 어느새 금령은 땅을 파는 것을 멈추고 구덩이 안에서 나를 바라보고 있었다.

 눈빛이 반짝반짝거리는 것이 마치 칭찬을 바라는 듯 보였다.

 "잘했어."

 "꾸……."

 아, 금자를 달라는 말이구나.

 "이게 뭔지 확인해야 하니까, 금자는 이따가 객잔에 돌아가서 줄게."

 내 말에 금령은 고개를 끄덕이더니, 다시 내 소매 속으로 들…….

 "야야! 흙투성이로 지금 어딜 들어가려고!"

 나는 녀석을 잡아 대충 털고는 손수건으로 슥슥 닦아 주었다.

 돌아가면 팔갑이 이 녀석을 씻기느라 또 한바탕 실랑이를 하겠군.

 아무튼, 지금은 구덩이 안의 항아리가 먼저다.

 "제가 열겠습니다."

 여응암 무사가 구덩이의 흙을 한쪽으로 잘 치우고는 뚜껑을 열었다.

 그 순간.

 "……."

 우리는 모두 침묵할 수밖에 없었다.

그 안에는 야명주가 가득했기 때문이다.

이 안에 뭐가 있는지 알고 있던 나조차도 말문이 막힐 정도로 엄청난 양이었다.

"주군께서 발견하셨던 그 쪽지, 진짜였나 봅니다."

여응암 무사의 말에 서우 무사 역시 고개를 끄덕였다.

"그나저나 이 정도면 얼마나 될까요?"

"적어도 백 개는 넘어 보입니다."

야명주는 우리가 있는 곳을 환하게 비추고 있었다.

나는 두 호위무사에게 말했다.

"어서 챙기죠."

"네."

나는 검은색 주머니를 꺼냈고, 두 호위무사가 그 안의 야명주를 꺼내어 차곡차곡 담기 시작했다.

이것으로 나도 이득이고, 이걸로 인해 벌어지는 사건도 막을 수 있고 일석이조다.

이 야명주는 우리 모두가 할 말을 잃었을 정도로 가치가 대단하다.

그래서 결국 한 사건의 원흉이 된다.

오 년에 한 번씩 무림맹에서 주최하는 비무 대회가 있다.

[용봉비무회(龍鳳比武會)]라 부르는 대회인데, 여기서 순위권 안에만 들면 명예와 함께 무림맹의 무사가 될 수 있는 자격이 주어진다.

하여 수많은 무사가 용봉비무회에 도전하기 위해 낙양

으로 오는데, 이 야명주를 발견한 이들 역시 용봉비무회를 위해 낙양에 온 이들이었다.

　가난한 무가의 자제들로서 머무를 숙소가 마땅치 않았다.

　워낙 큰 비무회였기에 수많은 문파와 무가가 낙양으로 몰려들었기 때문이다.

　그들은 우연히 이 장원이 버려져 있다는 것을 들었다고 한다.

　하여 이곳에서 묵다가 희미한 빛을 발견하여 이곳을 팠고, 이 항아리를 발견한 것.

　그땐 항아리가 깨져 있어서 빛이 새어 나온 거다.

　기연이라면 기연일 수 있지만, 이는 그들에게 불행으로 다가왔다.

　야명주를 팔아 숙박비를 마련하려고 했는데, 어쩌다가 소문이 퍼져 버린 것이다.

　당연히 야명주를 노리는 이들이 생겨났고, 결국 그 형제들은 야명주를 무림맹에 맡기게 된다.

　그러니까 이 야명주는 발견한 형제들을 힘들게 하고 무림맹의 손에 넘어가는 보물이라는 거다.

　나는 무림맹의 손에 넘어갈 물건을 지금 꿀꺽한 거다.

　뭔가 속이 뻥 뚫리는 기분이다.

　·
　·
　·

다음 날 아침.

미리 약속한 대로 진시(辰時:07~09시)가 되었을 때 일층으로 내려왔다.

부지런하신 아버지가 가장 먼저 내려와 계셨다.

"좋은 아침입니다."

"그래, 잘 잤느냐?"

"네."

나는 아버지 앞에 앉았고, 잠시 기다리자 단장을 마치신 어머니께서 내려오셨다.

곧 아침 식사가 나왔다.

아침은 우리가 집에서 먹던 것처럼 죽을 주문했는데, 하얀 죽에 이것저것 올려 먹을 수 있는 것들이 담긴 접시와 함께 나왔다.

아침을 먹은 후 차를 마시던 중 아버지께서 말씀하셨다.

"그래, 오늘은 무엇을 할 예정이냐?"

"오늘은 낙양의 장시를 둘러 볼 생각입니다."

그때였다.

"그렇다면 내 아들과 함께 하는 것도 나쁘지 않을 듯하군."

그 말에 뒤를 돌아보자 어제 보았던 사구철 상단주 가족들이 식당으로 내려오고 있었다.

"아, 좋은 아침입니다."

"그래, 좋은 아침이군."

사구철 상단주 뒤에는 어제 보지 못했던 한 젊은 청년이 서 있었다.

"내 뒤를 이을 녀석이네. 일이 있어서 늦게 출발하는 바람에 어제 저녁 늦게 도착했지."

그의 소개에 맞춰 뒤에 서 있는 청년이 포권하며 인사했다.

"소단주 사강입니다."

"은해상단 소단주 은서호입니다."

그렇게 소개를 마치자 아버지가 말씀하셨다.

"그래, 이렇게 만난 것도 인연이니 사 소단주와 함께 다니는 것도 나쁘지 않겠구나."

사구철 상단주와 아버지의 동의에 오늘 사강 소단주와 함께 장시를 둘러보는 것이 확정되었다.

사실 나는 오늘 장시를 둘러보며 어제 얻었던 야명주에 이어 두 번째 보물을 주울 생각이었다.

하지만 이를 거절할 이유가 마땅치 않았다.

뭐, 그냥 함께 다니면 되지.

잠시 후,
나는 사강 소단주와 함께 객잔을 나섰다.

"......"

사강 소단주는 무척이나 과묵했다.

쓸데없는 말을 하지 않으니 좋긴 했지만, 그것도 너무 과하니 힘들었다.

"저 비단의 색이 참 고운 것이 촉금인 듯합니다."
"그렇군요."
"저 그림은 유명한 화가인 성금 화사의 작품인 듯한데 맞나 모르겠군요."
"……."
이런 식이니 대화가 이어지지를 않았다.
그러나,
그런 그도 눈이 반짝일 때가 있었다. 그건 대장간을 지날 때였다.
"잠시, 보고 가도록 하죠."
그리고 한참이나 야장들이 쇠를 다루는 것을 지켜보았는데 그 모습을 보며 팔갑이 작은 목소리로 말했다.
"대단한 집중력입니다요. 저래서 무기 하나로 천하 백대 상단 중 하나가 되었구나 싶습니다요."
그렇긴 하네.
대장간을 구경하고는 다시 길을 나섰다.
그러던 중, 나는 한 장신구 상점 앞에 멈춰 섰다.
"여기 들어갑시다."
"……?"
사강 소단주가 고개를 갸웃했다.
"이왕 낙양에 왔으니 어머니께 선물할 장신구를 선물할까 합니다."
나는 말을 이었다.
"소단주님께서도 이곳에서 선물을 하나 마련하시는 게

어떻습니까?"
 내 말에 잠시 생각하던 그는 고개를 끄덕였다.
 "어머니, 여동생…… 그렇군요."
 어머니와 여동생의 선물을 마련하겠다는 의미겠지.
 우리가 안으로 들어가자 점소이가 우리를 맞이했다.
 "어서 오십시오."
 "잠시 물건 좀 보겠습니다."
 "네, 편히 살펴보십시오."
 나는 여유롭게 물건을 살펴보기 시작했다.
 역시 낙양이라 그런가, 화려한 물건들이 가득했다.
 "……."
 그런데 사강 소단주의 얼굴이 심각해 보였다.
 "왜 그러십니까?"
 "어떤……."
 "어떤 물건을 골라야 할지 모르겠다는 말씀이십니까?"
 그가 난감한 표정으로 고개를 끄덕였다.
 "제가 볼 때 소단주의 어머니는 이런 붉은 계열이 잘 어울릴 듯합니다. 그리고……."
 나는 지난 삶에서 정호 형 밑에서 열심히 훈련했던 안목으로 그의 가족에게 어울릴 만한 장신구를 골라 주었다.
 그리고 만족해하는 사강 소단주를 뒤로하고 나 역시 물건을 고르기 시작했다.
 아니, 고르는 척했다.

여기서 얻을 보물을 찾기 위해서이다.

내가 찾는 것은 두 개의 기물이다.

한 상점 안에, 두 개의 기물이 있을 확률은 땅에 떨어진 동전에 번개가 연속하여 두 번 때릴 확률이다.

하지만 진짜 그런 일이 이 상점에서 일어났다.

나는 미소를 지었다.

'저거군!'

나는 점소이에게 말했다.

"저기 있는 저 머리꽂이와 그 옆에 있는 금으로 만든 허리띠를 보여 주십시오."

내 말에 점소이는 두 상품을 꺼내어 보여 주었다.

"여기 있습니다."

나는 비취 머리꽂이와 금 허리띠를 보며 흐뭇한 미소를 지었다.

지난 삶에서는 흑도의 손에 들어가 무고한 이들을 해하는 데 쓰였지만, 이제는 아니다.

"각각 포장 부탁드립니다."

"계산 먼저 도와드리겠습니다."

나는 두 장신구의 가격을 치렀고, 점소이는 각각의 장신구를 비단으로 만든 주머니에 담아주었다.

이것으로 오늘 낙양의 장시에 온 목적을 이루었다.

"안녕히 가십시오."

나는 사강 소단주와 함께 장신구 상점을 나와 잠시 뒤를 돌아보았다.

내가 나온 이곳은 백천상단에서 운영하는 상점이다.
즉, 백천상단은 자신의 수중에 기물이 있다는 것을 전혀 모른 채 두 눈 뜨고 이 두 개의 기물을 놓친 거다.
내 이전 삶에서는 흑도 무사에게.
이번에는 나에게.
두 배로 속이 시원했다.

.
.
.

그날 저녁, 나는 어머니를 찾아갔다.
"어쩐 일이니?"
"오늘 장시에 갔다가 어머니께 어울릴 것 같은 물건이 있어서 사 왔습니다."
내 말에 어머니는 화사하게 웃으셨다.
"아들이 내 선물을 사 왔다는 거니?"
"네, 마음에 드실지 모르겠지만요."
어머니는 내가 내민 주머니를 열어 보셨고, 더욱 환하게 웃으셨다.
"이건 허리띠구나!"
"마음에 드시나요?"
어머니는 흔쾌히 고개를 끄덕이셨다.
"그럼, 마음에 들다마다!"
"다행이네요."
나는 말을 이었다.

"그 허리띠의 장식을 옆으로 당겨 보시겠어요?"

내 말에 어머니는 고개를 갸웃하며 허리띠의 장식을 당겼다.

철컥.

그 소리에 어머니는 고개를 갸웃하며 물으셨다.

"혹시 이거, 연검이니?"

"네."

나의 대답에 어머니는 허리띠 일부분을 당기셨고, 기다란 검신이 모습을 드러냈다.

"어머나!"

어머니께서는 아까보다 훨씬 더 기뻐하셨다.

상인의 아내가 다 되었다고 입버릇처럼 말씀하시지만, 내가 볼 때 어머니는 무사 쪽이 더 어울리신다.

어머니의 친정은 감숙성의 무가 중 한 곳으로, 연검을 사용하는 곳이다.

어머니께서는 일류의 실력이셨지만, 안주인의 역할에 충실하기 위해 검을 놓으셨는데, 나는 그게 못내 안타까웠다.

이전 삶에서는 왜 어머니께 검을 선물할 생각을 하지 못했을까.

내가 선물한 연검을 보며 소녀처럼 기뻐하시는 어머니를 보니, 입맛이 조금 썼다.

내가 어머니에게 선물한 검은 오래전의 인물인 천장(天匠)이라 불리던 야장이 만든 검으로, 베고자 하는 것이라면 검 스스로가 목표물을 추적하여 벨 수 있는 기물이다.
 이 연검을 가지고 계신다면, 만약 무슨 일이 생기더라도 쉽게 대처하실 수 있으시겠지.

 어머니의 방에서 나온 나는 침상에 드러누웠다.
 "에휴!"
 하지만 곧 몸을 일으켰다.
 오늘치 수련을 빼먹었다는 것이 떠올랐기 때문이다.

* * *

 내가 낙양에 도착하고 사흘째 되는 날.
 나는 평소보다 더 화려하게 차려입었다. 왜냐하면, 오늘 저녁 백대 상단의 회합이 있기 때문이다.
 일 층으로 내려오자 사강 소단주가 서 있었다.
 "일찍 내려오셨군요."
 "네."
 사강 소단주 역시 오늘은 제법 화려하게 차려입고 있었다.
 잠시 기다리자 사구철 상단주 내외분과 부모님이 내려오셨다.
 나는 속으로 피식 웃었다.
 사구철 상단주의 부인의 머리카락에 꽂혀 있는 머리꽂이는 내가 골라 준 머리꽂이였기 때문이다.

그러고 보니 어머니도, 내가 선물한 허리띠를 하고 계셨다.

"가자꾸나."

"네."

．

．

．

이번 백대 상단 회합 장소는 낙양의 [홍란루(紅蘭樓)]이다.

오 층짜리 누각인데, 오늘을 위해 전 층을 빌렸다.

그 이름처럼 온통 붉은색으로 칠해진 곳이다.

그리고 곳곳에 비단으로 만든 붉은색 꽃으로 장식을 해 놓아서 뭔가 분위기가 묘했다.

이곳은 지난 삶에서 대충 대여섯 번 정도는 와 봤던 곳이다.

그중 두 번은 백대 상단 회합 때문에 왔었지.

백대 상단의 회합은 매번 그 장소를 바꾸었고, 낙양에서 회합을 할 때에는 가장 넓은 장소인 이곳에서 회합을 했으니까.

그 밖에는 사업 때문에 왔었고.

우리가 마차에서 내리자 점소이들이 달려와 우리를 맞아 주었다.

"어서 오십시오."

"여기 은패를 허리에 차 주십시오."

점소이에게 받은 은패를 살펴보자, 백대 상단 회합이라

는 글자가 새겨져 있다.

오랜만에 만져 보는 은패네.

이 은패는 시종이나 시녀의 도움을 받지 않고 직접 차는 것이 원칙이다.

우리는 허리에 은패를 차고 안으로 들어갔다.

"어서 오시오!"

"반갑소이다!"

미리 와 있던 상단주들이 우리를 반갑게 맞아 주었다.

그중 한 상단주가 아버지에게 말했다.

"오늘은 못 보던 공자가 함께 있구려. 자제분이시오?"

"맞습니다. 제 막내아들입니다."

아버지의 말에 나는 포권하며 고개를 숙였다.

"은서호라고 합니다."

"아! 이 공자가 은해상단 역사상 최연소로 소단주가 되었다던 공자군요."

"부족한 저를 좋게 봐 주신 덕입니다."

"그런 소리 말게나. 은해상단의 각주들이 얼마나 무서운 이들인데!"

그렇게 상단주들과 인사를 주고받으며 그들의 면면을 차분히 살폈다.

이전 삶의 기억을 떠올리며 앞으로의 관계 같은 것을 생각하기 위함이다.

음, 저 상단주는 황궁과 이어지는 끈을 잘못 잡는 바람에 상단이 하룻밤 사이에 망해 버렸지.

저 상단주는 아들이 상단을 홀랑 날려 먹고.

이렇게 상단주들의 면면을 살피며 지난 삶과 비교해 보는 것도 나름 유익하고 재미있었다.

그때였다.

뭔가 머리끝이 쭈뼛 서는 듯한 느낌과 함께 등골이 서늘해졌다.

나는 천천히 고개를 돌려보았다.

"……!"

염소수염의 남자가 나를 향해 다가오고 있었다.

백천상단의 남궁강 상단주다.

그가 다가올수록 내 심장이 무척이나 빠르게 뛰었다.

동시에 그가 나를 죽일 때 했던 말들이 귓가에 들리는 듯했다.

"네놈의 은해상단이 너무 크게 성장해서 귀찮아졌거든. 쓸데없이 바른 것도 마음에 들지 않고. 네놈들 때문에 선(善)의 기준이 높아져서는 곤란하단 말이야. 그러니까, 눈에 거슬린다는 거지."

"그래, 그런 반응을 원했어. 아무 반응도 없으면 재미없을 뻔했거든. 그런데 알고 있나?"

"사실 은해상단을 없애게 된 이유는 네놈 때문이라는 거."

"잘 가게나."

그리고 순간, 내 목에 꽂히는 남궁강 상단주의 검날의 서늘함이 고스란히 느껴지는 듯했다.

잡화점 노인의 조언에 따라 자신 있게 회합에 참석하긴 했는데, 역시 직접 마주하는 건 아직 쉽지 않았다.

나도 모르게 식은땀이 흘렀고, 손이 차가워졌다.

쿵!

쿵!

쿵!

심장이 뛰는 소리가 내 몸을 울리고 있었다.

그때였다.

"괜찮니?"

내 안색이 좋지 않아 보였는지 어머니가 다가와 내 손을 잡아 주셨다.

"아……."

어머니의 손에서 느껴지는 따뜻함에 점차 쿵쾅거리던 심장 박동이 안정을 되찾기 시작했다.

그리고 내 눈에 어머니의 허리띠가 보였다.

그 순간, 내가 무림맹의 앞마당에서 털어 먹은 것들이 뇌리에 떠올랐다.

엄청난 양의 야명주.

천공 장인의 역작품 중 하나인 연검.

그리고 형수님께 드릴 머리꽂이.

그걸 떠올리자 갑자기 속이 시원해지며 숨통이 트이는 것 같았다.

기대된다는 잡화점 노인의 말대로, 나중에, 아주 나중에 그것들을 내가 가져갔다는 것을 알게 되었을 때 어떤 표정을 지을지 상상하자 기대가 되기 시작했다.

물론, 그 사실을 말해 줄 생각은 없었지만 말이다.

어느새 가까이 다가온 백천상단주에게 아버지가 인사했다.

"오랜만에 뵙습니다."

아버지는 그와 인사를 주고받고는 나를 소개해 주었다.

"인사드리거라. 백천상단의 남궁강 상단주님이다."

"소단주 은서호입니다."

"딱 봐도 상단주의 아드님답게 훤칠한 모습이로군요. 보기 좋으시겠습니다."

그의 말에 나는 공손히 포권했고, 아버지는 하하 웃으며 말씀하셨다.

"이 아이가 제 소싯적을 많이 닮았습니다. 하하하!"

아버지와 그는 이런저런 이야기를 나누었는데, 그때 누군가 그를 부르는 소리가 들렸다.

"뭔가 일이 생겼나 보군요. 그럼 즐거운 시간 되십시오. 공자도 즐거운 시간이 되길 바라네."

그리고 자신을 부르는 이에게 향했다.

그 뒷모습을 잠시 일별하던 아버지가 나에게 물으셨다.

"방금까지만 해도 얼굴이 창백하더니, 이제는 괜찮아

진 모양이구나."

"아, 백대 상단을 이끄는 상단주님들을 만나고 있다고 생각하니 잠시 아찔해졌습니다만, 저희 역시 백대 상단 중 한 곳이라는 생각을 하니 곧 괜찮아졌습니다."

"그래."

아버지는 내 어깨를 두들겨 주며 말씀하셨다.

"이곳이 눈에 보이지 않는 전쟁이 이루어지는 곳임을 알아차린 듯하구나. 하지만 이곳에서는 자신감을 잃지 않는 태도가 중요하단다."

"명심하겠습니다."

그때 연회장에 마련된 단상에 누군가가 모습을 드러냈다.

하얀 수염의 노인.

그가 바로 이번 회합의 주최자이자 천하제일 상단인 세빈상단(世彬商團)의 인강수 상단주이다.

중원에 사는 사람 치고 세빈상단의 이름을 한 번이라도 듣지 못하고 죽는 이는 거의 없다고 봐도 무방했다.

세빈상단은 문방사우라 불리는 종이와 붓, 먹과 벼루를 주력으로 하고 있었고, 술 또한 가장 많이 유통하고 있었다.

그리고 황실에 종이를 납품하는 상단이기도 했다.

둥둥둥-!

북소리와 함께 사방이 조용해졌고, 모두의 이목이 인강수 상단주를 향했다.

"오늘 이 자리에 모여 주신 여러분께 우선 감사를 드립니다."

그는 말을 이었다.

"아직 도착하지 않은 분도 계신 듯하지만, 거의 다 오신 듯하니 백대 상단의 회합을 시작하도록 하겠습니다."

그는 씨익 웃었다.

"그리고 각자 여러분의 허리에 찬 은패를 잘 살피시기 바랍니다. 이번에도 은패를 노리고 많은 이들이 찾아왔다고 하더군요."

"……."

모두가 긴장한 표정을 지었고, 인강수 상단주는 품에서 부채 하나를 꺼냈다.

"그럼 지금부터 백대 상단 회합을 시작하는 바이오."

그는 그렇게 선언함과 동시에 직접 부채로 북을 쳤다.

둥둥둥!

회합의 시작이다.

* * *

춘일은 도둑이다.

그가 도둑이 된 데에는 특별한 이유가 없었다.

그냥 먹고 살기 위해서였다.

무림인들이 치고받고 싸우는 와중에 부모님이 돌아가셨다.

그러나 자신들의 싸움이 끝나자 그냥 자리를 떴을 뿐, 그 누구도 춘일에게 관심을 두지 않았다.

춘일은 그렇게 거리를 떠돌게 되었고, 거지패에 들어가게 되었다.

하지만 그 시절도 그리 행복하지 않았다.

매일 할당된 양을 상납하지 못하면 두목에게 심한 구타를 당해야 했고, 그건 어린아이인 그에게 견디기 힘든 고통이었다.

그러던 그는 문득 생각했다.

'반드시 구걸을 해서 할당량을 채우라는 법은 없는 거 아니야? 그냥 어떻게든 채우면 되잖아?'

그리 생각한 그는 아무도 없는 집에 몰래 들어가 돈을 훔쳤다.

그날, 두목에게 맞지 않는 걸 넘어 칭찬을 받았다.

그렇게 한 번, 두 번 하게 된 도둑질은 점점 대범해졌다.

그러던 중 물건을 훔치러 들어간 집에서 그는 한 남자를 만났다.

도둑질을 들켰으니 이제 끝이라고 생각했다.

하지만 그는 춘일의 뭐가 마음에 들었는지 웃으며 물었다.

"이런 좀도둑 말고, 진짜 도둑이 되어 보지 않겠느냐?"

스승과의 만남이었다.

그는 도둑질에 재능이 있었는지, 스승의 모든 기술을 습득했다.

결국, 스승은 "네가 나보다 낫다."라고 선언했다.

경지에 이른 그가 훔치지 못할 것은 없었다.

하지만 도둑질은 엄연한 범죄였기에, 언제나 마음 한구석에는 죄책감이 자리 잡고 있었다.

그러던 어느 날, 그가 충격을 받게 된 일이 있었다.

사람들이 모여서 웅성거리던 한 집.

그 안에서는 한 젊은 부부가 슬프게 울고 있었다.

그는 그 젊은 부부 중 남자의 얼굴을 기억하고 있었다. 자신이 소매치기로 돈을 훔친 남자였으니까.

그때 그의 귀에 사람들의 목소리가 들렸다.

"아이의 병 때문에 의원에 가려고 했는데, 못 갔나 봐."

"소매치기를 당해서 돈을 잃어버렸다지."

"그 소매치기가 사람 새끼냐? 어떻게 훔쳐도 아이 목숨 값을 훔쳐!"

"그러니까! 그런 ×새끼는 찢어 죽여야 해!"

그 말에 춘일은 순간 구역질이 치밀어 올랐다.

'내가 대체 무슨 짓을 한 거지?'

그날 먹은 것을 다 게워 낸 그는 도둑질을 관두려고 했지만 제 버릇은 개 못 준다고 다시 물건을 훔치게 되었다.

이제 본능이 되어 버린 도둑질에 괴로워하던 그는 생각했다.

그렇다면 은자 두어 개 도둑맞는다고 해도 괜찮을 이들을 털자고.
그것이 부자들만 노리는 대도 춘일의 시작이었다.
그런 그가 백대 상단의 회합을 놓칠 리가 없었다.
더군다나 대놓고 훔쳐 가라고 한 은패다.
그동안 그는 그가 목표한 은패를 한 번도 놓친 적이 없었다.
연회마다 스무 개의 은패는 기본이었다.
그러나 춘일은 몰랐다.
그가 은패를 훔치기 위해 잠입한 홍란루에는 그의 정체를 알고 있는 자가 있었음을.
그는 화려한 옷을 입은 미청년의 시선에 등골이 서늘해졌다.

* * *

홍란루의 이 층에서는 악공들이 연신 흥겨운 곡조를 연주했고, 그 음악에 맞추어 무희들이 춤을 추었다.
나는 지금 춤을 추는 무희 중 하나를 보고 씨익 웃었다.
그녀, 아니 그의 정체를 알기 때문이다.
그의 이름은 춘일.
부자들만 노리는 대도로 유명했다.
그리고 그는 내가 이번에 낙양에서 '주워 갈' 것 중 하나이다.

장차 그는 은삼객(銀三客)이라는 명호까지 붙을 정도로 유명해진다.
부잣집에 침입하여 딱 은자 세 냥만 훔쳤기 때문이다.
하지만 워낙 신출귀몰하여 정작 도둑맞은 곳은 자신이 도둑맞았는지도 모를 정도였다.
세상에 훔치지 못하는 게 없다고 알려진 그에게는 몇 가지 특기가 있었다.
그중 하나가 전혀 예상하지 못한 인물로 변장하는 거다.
세상에 어떤 남자가 여장을, 그것도 저렇게 진한 화장까지 하면서 무희로 변장을 할까?
변장까지는 그렇다 쳐도, 춤까지 저렇게 완벽히 흉내 내는 것을 보면 기가 찰 정도다.
회합의 흥을 돋우기 위해서인지 홍란루에서는 악기를 연주하는 악공들은 물론이고 춤을 추는 무희들까지 초청하였다.
술을 따르는 기녀들은 하나도 없었는데, 그럴 수밖에 없는 게 부부 동반이기 때문이다.
그리고 백대 상단의 회합이다 보니 무척 중요한 이야기가 많아서 그런 기녀들을 배제하는 것도 있었다.
그렇다 해도 회합의 분위기를 띄울 음악과 춤이 없을 수는 없기에 악공이나 무희들은 부를 수밖에 없었다.
하여 철저하게 그들의 신분을 조사했다.
천하제일 상단에서 엄격하게 조사를 했을 텐데도, 이를

뚫고 들어온 것이니 그의 신분 위장 능력이나 변장 능력이 그만큼 대단하다고 봐야겠지.

그나저나, 정말 감쪽같은 변장 능력이다.

원래 얼굴이 살짝 곱상하게 생긴 것을 이런 식으로 써 먹는구나.

이전 삶에서 내가 그의 변장을 알아차린 것은 그의 행동 때문이었다.

은해 포목상에서 포목을 팔다 보니 자연스레 수많은 여자를 만날 수밖에 없었다.

포목을 사러 온 대부분이 여자들이었으니까.

그가 완벽하게 변장하고 춤을 췄을지언정, 행동에서 미묘하게 드러나는 어색함은 어쩔 수가 없다.

물론 대부분 눈치를 채지 못했지만.

나는 그 어색함이 계속 마음에 걸려 그를 꾸준히 살펴보다가 알게 되었다.

그가 은삼객 춘일이었음을.

하지만 은패를 노리는 것에 대해서는 추포하지 않는다는 약속은 약속이었으니, 은패를 훔쳤다는 것 때문에 그를 추포하지 않았다.

그때는 그냥 감탄하고 말았는데, 지금 생각해 보면 그때 최고의 경비 전문가를 섭외할 수 있던 기회를 놓친 거였다.

기회를 두 번 놓칠 순 없지.

그의 최후는 그리 썩 좋지 않았다.

뭐, 도둑의 최후가 좋기를 바란다는 건 말이 안 되긴 하지.

그만큼 많은 이들의 것을 정당한 대가 없이 강제로 소유권을 옮겼으니 말이다.

그가 주로 노린 이들은 부자들과 권력이 있는 자들이었으니 괘씸죄도 추가되었다.

하여 그는 본래 받아야 할 형보다 더 심한, 육시를 당했다.

내가 봤을 때 그는 충분히 감옥을 빠져나갈 수 있을 능력이 있었다.

그러나 그는 담담히 자신의 운명을 받아들였고, 사지가 찢겨 나가면서도 웃었다고 한다.

드디어, 도둑질을 멈출 수 있게 되었다고.

그런 미래를 알고 있으니, 춘일이라는 자를 이대로 내버려둘 수가 없는 거다.

그리고 앞으로 우리 상단의 손해를 막기 위해서라도 그를 은해상단의 경비 자문으로 삼아야 한다.

얼마 지나지 않아 상당한 양의 금을 도둑맞는 사건이 벌어질 예정이기 때문이다.

그때 춤이 끝나고 무희들이 물러갔다.

무희들이 있던 단상 위에 누군가 올라와서 오늘 회합에 대해 설명하면서 잠시 사람들의 시선이 그쪽으로 쏠렸다.

나는 그 틈을 타서 무희로 변장한 그에게 다가가 물을 건넸다.
"아, 감사합니다."
살짝 굵은 여자의 목소리가 들렸다.
대도 춘일의 특기 중 하나가 목소리 변조이다. 노인부터 아이까지, 성별에 관계없이 그 어떤 목소리든 변조할 수 있었다.
이러니 모두 깜빡 속을 수밖에.
"훌륭한 실력이라고 하더군요."
"과찬이십니다."
물을 마시는 그에게 한마디를 툭 던졌다.
"은자 세 냥."
"풉!"
그는 깜짝 놀라 마시던 물을 내뿜고 말았다.
"그, 그게 무슨 말씀이신지?"
나는 그 질문에 대답하는 대신 씨익 웃으며 말했다.
"하지만 그 실력, 제가 직접 보지는 못했기에 궁금해서 말입니다."
슬쩍 내 허리에 달린 은패를 들어 보이며 말했다.
"그래서 말인데, 오늘 회합이 끝나기 전에 그 실력을 보이지 못한다면 제 부탁을 하나 들어 주시죠."
"죄송하지만, 공자님. 저는……."
"자신, 없으십니까?"
"……."

"그렇군요. 자신이 없으시군요. 하긴, 이렇게 경비가 철저한 곳이니 그쪽이라도 힘들겠죠. 하하하."
내 말에 그의 눈빛이 바뀌었다.
"좋습니다. 잃어버리고 울지나 마십시오."
나는 가볍게 웃음으로 대답했다.
승부의 시작이다.

* * *

춘일의 눈동자가 흔들렸다.
'어떻게 알았지?'
자신이 봐도 자신의 무희 변장은 완벽했다.
게다가 춤까지 열심히 익혀 다른 이들과 완벽히 호흡을 맞췄다.
그런데 한 애송이가 자신의 변장을 꿰뚫어 본 것도 모자라 자신에게 승부를 건 것이다.
이런 승부라면 거절할 수 없는 법.
'내 정체를 어찌 알았는지 모르겠지만.'
오늘 회합이 끝나면, 혹시 뭔가 이상이 없는지 다시 한 번 점검해 봐야겠다고 생각하며 고개를 들어 자신에게 승부를 요청한 미청년을 보았다.
그가 자신을 봤을 때 등골이 서늘했던 그 감각이 떠올랐다.
'설마, 추워서 그랬겠지.'

애써 그리 생각하며 불안감을 가라앉히던 그를 부르는 목소리가 있었다.
"얘! 지금 여기서 뭐 해? 어서 다음 춤을 시작해야 한다고."
그는 얼른 표정을 관리하고 웃으며 대답했다.
"지금 갈게요."

* * *

백대 상단의 회합은 가만히 앉아서 음식을 먹고 마시는 회합이 아니었다.
표면적으로는 백대 상단 간의 교류를 위한 것이니만큼 여기저기 돌아다니는 형태였다.
나는 한쪽 구석에 마련된 식탁 앞에 앉아 조용히 음식과 차를 즐기며 아버지의 모습을 살펴보았다.
아버지는 열심히 다른 상단주들과 대화를 나누고 계셨다.
허허거리시는 아버지의 눈빛이 날카로웠다.
어머니 역시 위쪽에서 다른 상단주들의 부인들과 함께하고 계셨다.
나 역시 참석한 이들과 어울릴 필요가 있다.
이곳에는 상단주 부부만이 아니라 그들의 자제들도 많이 참석했으니까.
하지만 아직 시간은 많이 남아 있었고, 조금 쉬고 싶었다.

체력은 끄떡없었지만, 진이 빠지는 건 어쩔 수 없었다.
백천상단의 남궁강 상단주를 만나는 것이 제법 압박이 된 듯했다.

"차를 따뜻한 차로 바꿔드리겠습니다."
"아, 감사합니다."
나는 웃으며 점소이에게 감사를 표했다. 그때 점소이가 주전자를 엎질렀다.
"아, 죄송합니다!"
그의 목소리에 근처에 있던 점소이들이 후다닥 달려와 그를 질책했다.
"이게 무슨 짓이야?"
"조심 좀 하지!"
"괜찮습니다."
그는 연신 고개를 숙이며 내게 사과했다.
"공자님의 옷이 젖으셨는데…… 제가 닦아 드리겠습니다."
그리고 수건을 꺼내어 내 옷을 닦아 주었다.
나는 그의 귀에 대고 조용히 속삭였다.
"은자 세 냥."
"……!"
내 말에 그 점소이는 입술을 깨물었다.
대체 언제 무희 변장을 벗어 던지고 점소이가 된 건지, 역시 대단했다.

내가 익힌 무공이 태음빙해신공이 아니었다면 깜빡 속을 뻔했다.

대체 어떻게 했는지 그의 기운까지도 달라져 있었기 때문이다.

이래서 무공을 익힌 무사들로 경비를 세워도, 번번이 털린 거구나 싶었다.

태음빙해신공은 기운을 느끼는 데 무척이나 탁월한 공능이 있었다.

전에 사부님께서 말씀하셨었다.

태음빙해신공이 느끼는 기운은, 그 사람의 근본적인 기운이라고.

그래도 흑도의 기운처럼 역한 기운이 느껴지지는 않으니 다행이라고 해야 하나?

더러워진 식탁을 정리하고, 젖은 식탁보를 바꾸고, 다시 음식이 차려졌다.

나는 이 자리가 좋았기에 자리를 옮기지 않고 다시 앉았던 자리에 앉았다.

내가 있는 자리가 조용히 사람들을 살피기에 딱 좋은 자리였으니까.

그때 누군가 내 옆에 앉는 기척이 느껴졌다.

고개를 돌려 보니 사강 소단주다.

나를 보는 시선이, 뭔가 하고 싶은 말이 있는 듯했다.

"뭐 하실 말씀이라도?"

"고맙습니다."

"네?"

왜 뜬금없이 고맙다고 하는지 몰라 고개를 갸웃했다.

"어제, 머리꽂이."

그 말에 나는 사강 소단주의 말을 이해했다.

"어제 선물해 드린 머리꽂이를, 어머니께서 마음에 들어 하셨나 봅니다."

그러니까 오늘같이 중요한 날, 그 머리꽂이를 하셨겠지.

그러고 보니 어머니께서도 내가 선물해 드린 허리띠를 하고 계셨구나.

뭔가 쑥스러워서 뺨을 긁적였다.

그때 머뭇머뭇하던 사강 소단주가 말했다.

"우셨습니다."

"……."

그러니까 지금, 사강 소단주의 어머니가 우실 정도로 기뻐하셨다는 건가?

나는 설마 하는 마음으로 물었다.

"혹시, 어머니께 처음 드리는 선물이셨던 겁니까?"

내 물음에 그는 고개를 끄덕였다.

아…….

우실 만도 했네.

스무 해 만에 아들에게 처음으로 받아보는 선물이니 말이다.

"보답을."

"보답이라면 사양하겠습니다. 제가 그리 큰일을 한 것

도 아닌데 무슨 보답을 받습니까?"
"……."
그때였다.
"아! 여기 있었군."
내게 말을 건 이는 한백건 소단주.
반가운 얼굴이다.
그는 나보다 두 살 많은 홍낭상단의 소단주이다.
같은 호북 지역의 상단이었고, 얼마 전에 소단주가 되었다고 들었다.
"소단주 공표식 때 참석하지 못해서 죄송합니다."
"아니네. 바쁜 거 아는데 뭘."
그리고 나와 사강 소단주를 보며 말했다.
"그런데, 강이 소단주와 이렇게 길게 대화하다니! 신기하군."
"별로 신기할 것도 없습니다."
"하하, 이 말주변이 없는 것을 넘어 과묵한 녀석이랑 대화하다 보면 나도 모르게 답답해지던데 말이야."
본인 앞에서 이리 말하는 것을 보니, 제법 친한 것 같았다. 사강 소단주도 별 반응을 하지 않고.
나는 피식 웃었다.
"말이 중요하겠습니까? 무슨 말을 하고 싶어 하는지 그 마음만 알면 대화를 이어 나가는 건 별로 힘들지 않습니다."
내 말에 한백건 소단주는 "오호." 하며 감탄했고, 사강 소단주는 감동한 눈빛으로 나를 보았다.

왜 저런 반응들이지?

그때 다른 공자가 우리에게 다가왔다.

"백건아."

"아! 너도 왔구나! 인사해! 여기는 은해상단의 은서호 소단주."

"반갑습니다. 그 소문이 자자한 은 소단주를 여기서 만나다니! 이거 기쁘네요."

"네, 만나서 반갑습니다."

나는 쾌활해 보이는 그에게 인사를 했다. 하지만 내 인사는 한 번으로 끝나지 않았다.

"어? 저 공자가 그 은서호 소단주라고?"

"자무인형의 그 은서호 소단주?"

"아! 자악금을 만드는 그 은서호 소단주구나!"

"작풍기를 만들어서 진상했던 그 소단주가 저 공자였구나!"

"그 선협미랑?"

내가 그동안 해 왔던 일들이 그렇게 유명했나?

그들은 잠시 수군거리더니 하나둘 우리 쪽으로 다가왔고, 그들과 인사를 하다 보니 목이 아플 정도였다.

정신을 차려 보니, 내가 앉아 있는 식탁이 회합에 참석한 공자들의 중심이 되어 버렸다.

덕분에 제법 유용한 정보들이 흘러나왔고, 나는 그것들을 차곡차곡 머릿속에 집어넣었다.

그렇게 이런저런 대화를 하던 중, 자연스레 주제가 은패로 흘러갔다.

"그런데, 너 왜 은패가 없냐?"

"하아…… 방금 잃어버렸다."

"저런!"

"정말 감쪽같이 사라지더라고."

"대체 어떻게 은패만 쏙 훔쳐 가는 건지……."

나는 그 대화를 듣다가 피식 웃으며 식탁 아래에서 발을 슬쩍 걷어찼다.

퍼억-!

살짝 소리가 들렸지만, 악공들의 음악 소리 때문에 들리지 않았다.

그나저나 제법이네?

내공이 담겨서 꽤 아플 텐데 그걸 참다니 말이야.

지금, 우리 식탁 아래에는 대도 춘일이 숨어 있다.

대체 언제 식탁 아래로 들어간 건지…….

그가 내 은패를 노리고 다가온 순간 발로 찬 거다.

식탁에 차를 엎지른 게 이를 위한 큰 그림이었나 보다.

식탁보가 좀 크다고 생각은 했는데 말이지.

그런데 식탁보에 가려진 식탁 밑에 숨어 있다가 은패를 훔치는 방법은 너무 식상하지 않나?

하지만 여기 있는 상단의 자제들에게는 전혀 생각지도 못했던 방법이겠지.

물론 나는 이미 대도 춘일의 기운을 알고 있으니 그를

막는 건 일도 아니었다.

그렇게 나는 총 일곱 번의 시도를 막아 내었다.
다른 이들이 은패를 잃어버리는 것이 눈에 보였지만, 그걸 알려 주거나 하는 건 규칙에 어긋나기에 알려 주지 못했다.
본인의 재산은 본인이 지켜야 한다는 그런 정신이 반영된 규칙인 듯했다.
하긴, 본인의 것은 본인이 지켜야지.
회합의 끝이 다가오고 있었고, 나와 대도 춘일의 승부도 끝이 보이고 있었다.
퍽-!
그리고 나는 방금 여덟 번째 시도를 막아 냈다.

* * *

회합이 서서히 마무리될 시간이 되자, 주최자인 인강수 상단주가 단상 위로 올라왔다.
"모두 즐거운 시간 보내셨기를 바랍니다. 그럼 이것으로 이번 연도 회합을 마치겠습니다."
그리고 부채를 들어 직접 옆의 북을 쳤다.
둥! 둥! 둥!
그와 동시에 어디선가 기운 빠지는 소리가 들렸다. 나는 그 소리가 뭔지 알 것 같다.

은패를 훔치지 못한 도둑의 한숨이겠지.

그 안에는 대도 춘일의 한숨 역시 섞여 있었는데, 대도 춘일과의 승부는 내 승리로 끝났기 때문이다.

.

.

.

객잔으로 돌아오는 길.

아버지께서 내게 조용히 물으셨다.

"그런데 아까 보니, 한 무희에게 관심을 보이는 것 같던데? 혹시 그런 처자가 취향인 것이냐?"

이에 어머니 역시 우리에게 집중하셨다.

그나저나 그에 관해 물어보실 건 예상했지만, 이렇게 단도직입적으로 물어보시다니.

나는 피식 웃으며 고개를 저었다.

"아버지, 제 취향은 여자이지 남자가 아닙니다만."

"응?"

"그게 무슨 말이니?"

두 분 모두 이해가 되지 않는 듯한 표정을 지으셨다.

어차피 대도 춘일을 경비 자문으로 고용하기 위해서는 아버지의 허락이 필요했기에 나는 아버지에게 자초지종을 설명했다.

"그러니까, 그 무희가 대도로 유명한 자라는 말이냐?"

"네, 아버지."

"그리고 그에게 승부를 걸었고, 네가 이겼다는 거고."

"네."

내 대답에 아버지의 시선은 내 허리춤에 달린 은패를 향했다.

"허, 이번에 처음 회합에 참가했을 텐데 어떻게 은패를 지켜낸 것이냐?"

그건 내가 지난 삶에서 엄청나게 연구했기 때문이다.

첫 번째로 참석한 회합에서 순식간에 은패를 잃은 나는 오기가 생겼다.

하여 진짜 열심히 연구해서 다음 회합에 참석했지만, 다시 은패를 잃었다.

하지만 다음 회합 때부터는 은패를 잃지 않았다.

내가 열심히 연구한 것도 있지만, 내가 봤을 때 가장 큰 이유는 대도 춘일이 오지 않았기 때문이다.

아니, 오지 못했다.

내가 세 번째로 회합에 참석했을 땐 이미 사형을 당한 후였기 때문이다.

즉, 나는 이전 삶에서 춘일을 한 번도 이기지 못했던 거다.

세 번째에는 이길 수 있었을까?

아니, 어려웠겠지.

태음빙해신공의 경지가 절정에 이른 지금에야 확실히 알 수 있었다.

춘일은 그냥 대도가 아니었다.

신투급이었다.

신투급의 재능이 있는 자가 도둑질에 거부감을 가지면서도 도둑질에서 빠져나오지 못한다니, 역설도 이런 역설이 없었다.

그러니 더더욱 이대로 놔둘 수가 없었다.

물론 이런 것에 대해 부모님께 그대로 말씀드릴 수는 없었기에 대충 둘러대었다.

"그냥, 그 수법이 보였습니다."

"그래?"

다행히도 두 분 다 그런가보다 넘어가 주셨다.

흘깃 아버지와 어머니의 허리춤을 살폈지만, 은패가 보이지 않았다.

혹시 대도 춘일이 슬쩍한 건가?

하지만 그는 나와의 승부 때문에 회합 내내 내 은패만을 노렸었다.

그렇다면 다른 자가 부모님의 은패를 훔쳐간 거다.

이번에는 어쩔 수 없지만, 내년부터는 다를 거다.

일종의 '충고'를 해 드릴 생각이니까.

이번 회합 때 어떻게 하면 은패를 잃지 않을 수 있는지 언질을 드리지 않은 건 내가 처음으로 참석하는 자리였기 때문이다.

처음 참석하면서 이렇고 저렇고 훈수를 두는 건 좀 이상하게 보일 수 있으니까.

그렇게 우리가 탄 마차는 객잔으로 향했다.

* * *

그 시각.
자신의 은신처로 돌아온 춘일은 침상에 털썩 앉았다.
분했다.
대체 은서호가 변장한 자신을 어찌 알아차렸는지 알 수 없지만, 이번 승부는 완벽한 패배다.
게다가 그가 자신을 팰 때마다 실수인 척했지만, 춘일이 볼 때 명백한 고의였다.
식탁 밑에 있었는데 발로 차고, 슬쩍 지나가면서 훔치려고 했더니 손으로 뒤통수를 때리고…….
점소이로 변장해서 은패를 노렸더니, 발을 걸어 넘어트리고…….
그는 오늘 은서호의 은패를 훔치지 못한 것보다, 그렇게 걸어차이고 맞고 넘어지고 한 것에 더 부아가 치밀었다.
"에휴."
그는 한숨을 내쉬었다.
이러니저러니 해도 그가 패배한 건 바꿀 수 없는 현실이었으니까.
그는 은서호가 남기고 간 쪽지를 보았다.

[내일 밤 해시(亥時:21~23시) 초(初)에 대진루 별실로

정체를 들키지 말고 올 것]

* * *

다음 날 아침.

나는 평소 하던 대로 운기조식을 마치고 일 층으로 내려갔다.

아버지는 이미 식탁 앞에 앉아 계셨다.

"늦었습니다."

"괜찮다. 나도 방금 왔으니까."

곧이어 어머니도 내려오셨고, 아침으로 나온 닭죽을 맛있게 먹었다.

식사를 마치고 차를 마시는 동안, 아버지께서 내게 말씀하셨다.

"오늘 밤에 그자를 만나기로 했다고?"

"네."

"오지 않을 수도 있다."

"그렇다면 더 좋습니다. 그만큼 신의가 없다는 의미이니 미리 거를 수 있으니까요."

"뭐, 그건 그렇지."

아버지께서는 대도 춘일을 경비 자문으로 고용하는 것에 대해서 긍정적이셨다.

"네 말대로 뱀의 길은 뱀이 아는 법이니 그자를 고용하는 것도 나쁘지 않지. 하지만 손버릇이라는 건 그리 쉽게 고쳐지는 게 아니다."

"아버지의 말씀이 맞습니다. 하여 나름대로 생각해 둔 것이 있습니다."

"그래, 네가 어련히 잘 준비했을까. 믿고 있겠다."

아버지의 믿겠다는 그 말이 내 가슴을 묵직하게 울렸다.

나는 고개를 숙여 감사를 표했다.

"실망시켜 드리지 않겠습니다."

두 분은 흐뭇하게 웃으며 고개를 끄덕였다.

"한 가지 드릴 말씀이 더 있습니다."

"무엇이냐?"

"내일 아침 일찍 본단으로 돌아간다고 알고 있습니다만, 저는 며칠 늦게 출발하고 싶습니다."

"여기에 조금 더 머물고 싶다는 뜻이냐?"

"네."

아직 털어먹지 못한 것이 있기 때문이다.

내가 이 낙양에서 털어먹을 가장 큰 보물이, 내가 이 낙양에 온 진정한 목적이 될 보물이 이틀 후에 버려진다.

그걸 줍기 위해서는 며칠 더 낙양에서 머물러야 했다.

잠시 생각하시던 아버지께서는 흔쾌히 허락해 주셨다.

"그래, 네 뜻대로 하거라."

"감사합니다. 아버지."

.
.
.

나는 낙양의 저자에 나왔다.
내가 저자로 나온 이유는 다른 게 아니라 팔갑이 원했기 때문이다.

"꿈에서라도 한 번쯤 와 보기를 원하는 곳에 왔는데, 이렇게 객잔에만 처박혀 있으니 뭔가 울적해지고 그럽니다요."

귀가 축 처진 곰 같은 모습의 팔갑을 보니 뭔가 양심이 콕콕 찔렸다.
하여 이렇게 나온 거다.
그래, 뭐. 가끔은 이렇게 기분 전환도 필요하긴 하지.
내 뒤에는 세 명의 호위들이 밀착하여 경호를 하고 있었다.
특히 서우 무사는 긴장한 표정으로 사주경계하고 있었다.
"서우 무사님, 그렇게 긴장하지 않아도 됩니다."
"아닙니다. 이곳 낙양은 전 중원의 무림인들이 모이는 곳입니다. 주군의 안전을 위해서는 한시도 경계를 늦춰서는 안 됩니다."
진유 무사가 함께 왔다면 서우 무사의 부담이 덜했겠지만, 그는 지금 객잔에 있다.
그는 무림맹주가 비밀리에 육성하던 살수였고, 그가 거하던 곳이 이곳 낙양이었다.

그런 만큼 누군가 그를 알아본다면 골치 아픈 일이 생길 것 같다면서 이번 회합 기간 내내 객잔에 있기로 했기 때문이다.

나는 그의 의견을 존중해 주었다.

하지만 계속해서 이렇게 피하기만 할 수는 없는 노릇, 뭔가 대책을 마련하긴 해야 한다.

낙양에서 오래 살던 그였기에, 같이 나가지 못하는 대신 유용한 정보들을 주었다.

이를테면, 미지반점(味知飯店)의 얼큰한 닭고기 국수가 무척 맛있다거나 하는 것들이다.

미지반점은 나중에 엄청 유명해져서 줄을 서야 먹을 수 있게 된다.

아직은 그 정도까지는 아니니, 이따가 점심으로 먹을 생각이다.

그리고 서책방 거리에 갈 생각이다.

이 낙양에도 서책방 거리가 있었는데, 북경의 서책방 거리와 좀 다른 분위기였던 것이 기억났다.

그 전에, 팔갑의 콧구멍에 바람 좀 넣어 줘야겠지.

잠시 후, 우리는 한 호화로운 누각에 도착했다.

"어메! 여, 여기는 어딥니까요?"

팔갑은 오 층이나 되는 황호다루(黃湖茶樓)를 보며 두 눈을 끔뻑였다.

"황호다루. 낙양에서 좀 놀았다고 말하려면 여긴 꼭 와야 한다고 하더라고."

앞의 호수가 저녁이 될 무렵이면 황금색으로 변한다고 해서 황호라 불리는 곳이다.

동시에 낙양에서 가장 고급스러운 다루 중 하나이기도 했다.

이따 저녁에 오면 더 좋겠지만, 내일 아침 일찍 부모님이 본단으로 가시니 저녁은 부모님과 함께 먹어야 한다.

그때 점소이가 우리에게 다가왔다.

"어서 오십시오. 몇 분이십니까?"

"다섯 명입니다."

"몇 층으로 모실까요?"

그 물음에 나는 미소 지으며 대답했다.

"오 층으로."

점소이는 우리를 흘깃 살펴보더니 고개를 숙이며 말했다.

"안내해 드리겠습니다."

우리는 황호다루의 오 층으로 올라갔다.

점점 위로 올라갈수록 시끄럽고 요란한 소리가 잦아들었다.

오 층에 도착한 나는 조용하고도 한적한 풍경에 피식 웃었다.

여긴, 내 기억과 같네.

우린 적당한 다탁에 앉았고, 점소이가 주문판을 내밀었다.

"벽라춘으로 다섯 명입니다."

"죄송합니다만, 손님. 이곳은 선불입니다."

그 말에 나는 주머니에서 돈을 꺼내어 내밀었다.
"감사합니다. 곧 준비해서 올리겠습니다."
점소이가 내려가고, 팔갑이 나에게 얼굴을 들이밀며 작은 목소리로 말했다.
"도련님의 시종을 하기를 정말 잘한 것 같습니다요. 이렇게 좋은 곳에서 비싼 차도 마셔 보고 말입니다요."
이곳 황호다루는 층마다 주문판의 찻값이 다르다.
높은 층으로 갈수록 찻값이 비싼데, 일종의 자릿세 개념이었다.
보통 사람이라면 기겁할 정도로 비싼 찻값이었지만, 팔갑은 넙죽 받아먹었다.
그 넉살에 나도 마주 농담을 건넸다.
"그러니까 앞으로도 잘 모셔라."
"여부가 있겠습니까요."
내 주변에 앉은 호위들까지 일제히 고개를 끄덕이자, 왠지 머쓱해졌다.
잠시 후,
내가 주문한 벽라춘 다섯 주전자가 과자와 함께 나왔다.
강소성에서 생산되는 이 녹차는 어린 싹을 따서 만든 차이다.
그만큼 차를 만드는 데 힘이 들지만, 무척 맛이 좋고 향도 좋다.
은은한 과일 향이 나는 것을 보니 좋은 찻잎을 쓴 듯했다.
이거, 동정산에서 만든 거네.

벽라춘 중에서도 동정산에서 만든 벽라춘을 최고로 치는 만큼 값도 비싸다.
 그래서 가짜 벽라춘을 비싸게 파는 양심 없는 자들이 간혹 있는데, 여기는 진짜 동정 벽라춘이다.
 비싼 돈 주고 차를 마시는 보람이 있었다.
 나는 힐끔 팔갑을 보았다.
 홀짝 홀짝 차를 마시고 과자를 먹는 그 모습에 미소를 지었다.
 내가 팔갑을 데리고 이곳에 온 건, 지난 삶이 생각났기 때문이다.

 "낙양의 황호가 그렇게 멋있다는데, 가 볼 수 있는 겁니까요?"

 "이번에는 황호에 가 볼 수 있는 겁니까요?"

 그렇게 황호를 가고 싶다고 노래를 불렀지만, 그 소원은 한참이나 나중에 이루어졌다.
 황호에 가려고 할 때마다 이상하게 무슨 일이 터졌기 때문이다.
 그때 팔갑이 말했었다.

 "제가 조금 더 젊었을 때 봤으면 더 감동했을 텐데 말입니다요. 하지만 그래도 이렇게 데리고 와 주셔서 정말 감사합니다요."

 그리 말하던 팔갑의 모습을 어찌 잊을 수 있을까?
 그래서 지난 삶에서 팔갑이 그리 원했던 이곳 황호를 가장 잘 볼 수 있는 이 다루에 데리고 온 거다.
 마음 같아서는 주루에 가고 싶었지만, 시종도 그렇고 호위들도 그렇고 술을 마실 수 없었으니까.
 지난 삶에서 나를 끝까지 모셨던 팔갑이다.
 내가 팔갑을 위해서 해 줄 수 있는 게 이런 것뿐이라서 좀 아쉽지만, 이렇게라도 해 줄 수 있어서 다행이었다.

 그렇게 황호다루에서 황호의 경치를 실컷 구경한 우리는 다시 낙양의 저자로 향했다.
 "이제 어디로 가시는 겁니까요?"
 "서책방 거리에 가는 거야."
 아직 점심을 먹기에는 애매한 시간이었으니까.
 "어딘지 아십니까요?"
 팔갑의 물음에 나는 고개를 끄덕였다.
 "진유 무사가 알려 줘서 대충 알아."
 기억을 더듬어 길을 찾아가다 보니, 곧 서책방 거리에 도착했다.

 [당신도 할 수 있다. '백 일 만에 무공 익히기']
 [무림초출 필독서. '무림에서 살아남는 법']

[최신판 '무림의 인물과 세력' 입고되었습니다]

　서책방 앞에 붙여 놓은 서책 홍보문을 보며 나는 피식 웃었다.
　주로 과거를 위한 서책이라든지 시문집이 있던 북경과 달리 이곳은 무공이나 무림에 대한 서책이 많은 듯했다.
　서책방을 둘러보던 나는 한쪽 구석의 작은 서책방을 보는 순간 그곳에 들어가고 싶다는 생각이 들었다.
　처음 느껴 보는 묘한 끌림이었다.
　나는 그 작은 서책방 안으로 들어갔다.
　손때 묻은 서책들이 가득한 것을 보니, 딱 봐도 헌책을 파는 곳이다.
　그곳의 주인으로 보이는 노인은 우리가 서책방에 들어왔음에도 그저 본인 할 일만 했다.
　서책방에 들어가자마자 다른 서책은 눈에 들어오지도 않고 오직 한 서책에만 눈길이 갔다.
　홀린 것처럼 그쪽으로 다가가 그 서책을 집어 들었다.
　표지가 떨어져 나갔는지 임시로 표지를 만든 서책으로, 표지에 제목조차 적혀 있지 않았다.
　나는 서책을 펼쳤다.
　[태음의 시작은…….]
　그런데 이거, 내용이 뭔가 익숙하다.
　태음.
　그 글자를 보자마자 태음빙해신공이 떠오른 건 우연일까?

어느샌가 서책방의 노인이 다가와 있었다.
"그 무공서, 사려고?"
"아, 네. 어르신. 그런데 이게 무공서라고요?"
노인은 찬찬히 고개를 끄덕였다.
"그렇다네. 여기는 중고 무공서를 파는 곳이라네."
"무공서를…… 파는 겁니까?"
무공서라는 것은 가문이나 문파에 귀하게 보관되는 거 아닌가?
노인이 웃으며 설명해 주었다.
"세상에는 수많은 무공서가 있지만, 그 모두가 절세의 비급인 건 아니지."
"그렇긴 하죠."
"그런 것들이 흘러 흘러 이곳으로 모이는 거라네."
노인은 말을 이었다.
"손님이 고른 건, 은 네 문이네."
은 네 문이면 닭 한 마리 값이다.
"명색이 무공서인데 그렇게 싸게 받으셔도 되나요?"
"누군가 사 가지 않으면 이곳에서 그냥 썩어 갈 뿐이네. 그리고 이곳에 있는 것들은 말 그대로 헌것들이고."
그 말에 나는 은 네 문을 꺼내어 값을 치렀다.
"여기 있습니다."
"고맙네."
"그럼, 안녕히 계십시오."
그리고 몸을 돌려 나가려는데, 노인이 갑자기 우리를

불렀다.

"잠깐."

"……?"

"잠깐만 기다려 보게."

그리고 그는 내 옆의 팔갑을 물끄러미 바라보더니 서가에서 서책 하나를 꺼내어 내밀었다.

"이것도 하나 사 가게."

"네?"

"자네 옆의 저 곰 닮은 자에게 필요할 거네."

.

.

.

잠시 후,

미지반점에서 닭고기 국수를 먹은 후 이런저런 볼일을 보고 객잔으로 돌아온 나는 서책방에서 산 헌 무공서를 다시 한번 살펴보았다.

확실히 뭔가 익숙한 내용이다.

사부님께 보여 드리면 뭔가 알 수 있을지도 모르겠다는 생각을 하며 그 무공서를 집어넣고 다른 무공서를 꺼냈다.

아까 서책방의 노인이 팔갑에게 필요할 거라면서 추천해 준 무공서다.

역시 표지가 그냥 백지였다.

나는 책장을 넘겨 보았고, 뭔가 내용이 이상하다는 것

을 깨달았다.

[살왕지로(殺王之路)를 걷는 자에게…….]

암살자의 왕이라 불리는 살왕의 능력을 타고난 게 아닐까 생각되는 팔갑이다.
그런 팔갑을 콕 집어 이런 비급을 추천했다는 것이 예사로 느껴지지 않았다.
대체 그 노인은 뭐지?
나는 그 무공서를 차분히 더 읽어 나갔다.
이건 일종의 지침서였다.
기척을 감추는 법이라든지 상대방의 목숨을 취하는 방법 등은 물론이고 살수라면 익혀야 하는 무공까지 총망라되어 있었다.
나는 이게 헌책방으로 흘러들어온 이유를 알 것 같았다.

[들키지 않아야 한다고 생각하는 순간, 주변 모든 것이 연자를 숨겨 주리니…….]

다른 이들이 봤을 땐 터무니없어 보이는 내용들이 태반이었기 때문이다.
하지만 살왕의 자질을 타고난 자에게는 최고의 비급이었다.

그 자질이 있다고 추측되는 팔갑을 오랫동안 관찰해 온 나이기에 확신할 수 있었다.

하지만 고민이 되었다.

이걸 팔갑이 익히게 해도 되는지.

만약, 이걸 팔갑이 익힌다면 내 이전 삶처럼 그렇게 허무하게 죽지는 않았을 거다.

하지만 이걸 익힌다면, 더 이상 팔갑이 내가 아는 팔갑으로 남아 있지 않을까 봐 걱정되었다.

어떻게 해야 할까?

오랫동안 고민했지만, 답이 나오지 않아서 일단 무공서를 다시 주머니에 넣었다.

아무래도 이것 역시 사부님과 의논해 봐야 할 것 같았다. 뭔가 비밀을 가진 사부님이신 만큼, 내 부탁이라면 이것 역시 비밀로 해 주실 테니까.

그 전에, 그 서책방에 내일 다시 가 봐야 할 듯했다.

어느새 시간은 저녁이 다 되어 가고 있었으니까.

* * *

그날 저녁,

나는 부모님과 함께 객잔에서 식사를 한 후 대진루로 향했다.

그곳은 낙양의 주루 중 한 곳이다.

"어서 오십시오."

반갑게 맞아 주는 점소이에게 팔갑이 말했다.
"오늘 예약이 되어 있을 겁니다요."
그리고 예약 사항이 적혀 있는 종이를 내밀자, 점소이는 얼른 고개를 숙였다.
"아, 세 번째 별실의 손님이시군요. 준비해 놓고 있었습니다. 이쪽으로 드시지요."
점소이는 우리를 안내해 주었다.
나는 이곳에 대도 춘일을 만나러 왔다.
이곳으로 장소를 정한 이유는 다른 주루에 비해 월등히 비밀스러운 구조였기 때문이다.
내가 별실에 들어가자, 곧 점소이들이 커다란 상을 들고 뒤따라왔다.
별실을 빌리면 나오는 기본 주안상이다.
"필요한 것이 있으면, 종을 울려 주십시오."
그들은 공손하게 인사를 하고는 별실에서 나갔다.
나는 상 위에 차려진 음식들을 보았다.
무척이나 화려하고 고급스러운 음식들은 이 낙양의 풍족함을 잘 보여 주는 듯했다.
아무리 고급 주루라고 해도, 그 지역이 풍족하지 않다면 이런 화려한 상은 나오기 어려우니까.
"음, 맛있네. 모두 드세요. 음식이 제법 맛있네요."
내 말에 팔갑과 세 호위는 고개를 저었다.
"아닙니다요."
"아까는 다루였지만, 지금은 주루입니다. 더군다나 밤

이니만큼 긴장해야 하는데, 배가 부른 상태에서는 예민한 감각을 유지하기 힘듭니다."

그 단호한 태도에 나는 더 이상 권하지 않았다.

이렇게 태연하게 음식을 먹는 내가 좀 이상한 건가?

하지만 술은 입에 대지 않았다.

지금 내가 이곳에 온 목적은 대도 춘일을 포섭하기 위함이었으니까.

물론 고작 술 몇 잔에 정신이 흐트러지지는 않겠지만, 굳이 마실 필요는 없으니까.

둥! 둥! 둥! 둥!

저 멀리서 북 소리가 들렸다.

해시(亥時:21~23시)를 알리는 소리다.

이제 슬슬 찾아오겠군.

나는 그에게 일부러 몇 번째 별실인지 알려 주지 않았다. 그가 진정 내가 생각하는 그림에 맞는 인재라면 알아서 찾아올 테니까.

그때였다.

"나으리, 저 벽월이 들어갑니다."

한 여인의 목소리와 함께 문이 열리고, 곱게 차려입은 기녀가 들어왔다.

나는 그 기녀의 기운을 느끼고는 씩 웃으며 턱으로 내 앞을 가리켰다.

"앉으세요."

"네, 나으리."

그리고 다소곳이 앉는 그 모습을 보며 혀를 내둘렀다.
전에는 무희더니, 이번에는 기녀다.
정말 대단한 변장술이네.
그렇게 속으로 감탄하며 입을 열었다.
"시간 약속은 딱 맞추었군요."
"시간은 중요한 법이니까요."
"내가 여기 있는 건 어찌 알았습니까?"
"그건, 영업 비밀입니다."
대도 춘일은 요염하게 웃었고, 나는 피식 웃었다.
"안 어울립니다. 남자인 거 뻔히 아는 사람에게 그런 웃음은 오히려 독이라고 생각되지 않습니까?"
"하긴, 그렇군요."
어느새 그 목소리는 미성이 섞인 남자의 목소리가 되었다.
이에 팔갑은 물론이고 세 호위도 깜짝 놀란 표정이었지만, 그 이상의 반응은 하지 않았다.
"그래서 저와의 승부에서 이기신 그쪽이 저에게 무슨 부탁을 하려고 하십니까?"
그 물음에 나는 단도직입적으로 말했다.
"우리 은해상단에서 당신을 고용하려고 합니다."
"……네? 저를 고용한다고요?"
"그렇습니다."
나는 고개를 끄덕이며 말을 이었다.
"당신은, 괴로워하고 있지 않습니까?"

"……."
"도둑질하는 자신이 싫으면서도 도둑질을 멈출 수 없는 상황이 참 엿 같다고 생각되지 않습니까?"
"저는……."
"변명할 생각은 하지 마십시오. 이미 떨리는 눈동자와 입꼬리가 내 말이 진실임을 알려 주고 있으니까."
"……."
잠시 정적이 흘렀다.
"네, 맞습니다. 저는 도둑질이 싫습니다. 하지만 어쩌겠습니까? 제가 이 모양 이 꼴인데."
그는 한숨을 내쉬었다.
"도둑질을 하지 않으려고 했습니다. 그런데 정신을 차려 보니 어느새 도둑질을 하고 있더군요. 그래서 제 손을 쇠사슬로 칭칭 동여맸습니다. 그런데…… 그 손으로 또 도둑질을 하고 있더군요."
그의 말에서는 서글픔이 묻어 나왔다.
"이제 저에게 있어 도둑질은 신체의 일부나 다름없습니다. 제가 죽어야만 멈출 수 있겠죠. 하지만 스스로 죽지도 못하는 제가 참 증오스럽습니다."
그는 나를 똑바로 바라보았다.
"이런 저인데도 고용하시겠다고요?"
"네."
"……!"
내 확고한 대답에 그는 어처구니없다는 표정을 지었다.

"저는 당신을, 저희 상단의 경비 자문으로 고용할 생각입니다."

"참새에게 볍씨를 맡기시는 겁니까?"

"그럴지도 모르죠. 하지만 저희 상단의 물건을 다 훔치는 건 당신도 불가능합니다. 저희 상단의 물건들을 훔쳐도 그걸 보관할 창고가 없을 테니까요."

"……."

"그리고 그 은해상단의 막내아들이 접니다."

"ㅎㅎㅎㅎ."

내 말에 그는 웃음을 흘렸다.

"그건 그렇군요."

"하지만 상단의 경비 자문은 표면적인 고용의 이유일 뿐입니다."

"……?"

그는 다시금 무슨 말인가 싶은 표정을 지었다.

"솔직히 당신의 그 신출귀몰한 변장에 감탄했거든요."

"아……."

그는 다시금 요염하게 웃어 보였다.

"제가 좀 변장에 능하긴 하죠. 사부님께서 엄격하게 가르치신 것도 있지만, 제가 죽어라 노력을 했거든요."

그의 표정이 진지해졌다.

"지금까지 제 변장을 꿰뚫어 본 자는 없었습니다. 하지만 당신께서는 제 변장을 알아차렸습니다."

"……."

"그 말은 즉, 다른 누군가가 제 변장을 꿰뚫어 볼 가능성이 있다는 건데…… 괜찮으시겠습니까? 저를 고용하려는 이유가 제 변장 때문인 것 같은데."
"아, 그건 제가 좀 천재라서 그런 겁니다."
"네?"
"그러니까 다른 사람이 변장을 알아차릴까 걱정하지 않아도 됩니다."
 내 이전 삶에서도 그의 변장을 꿰뚫어 본 자는 없었다. 변장에 따라 기운까지 바꾸는데 그걸 어찌 알아본단 말인가?
 이전 삶에서 그가 잡혔던 건 그가 변장한 것을 들키거나 했기 때문이 아니다.
 다른 무고한 자가 은삼객이라고 누명을 쓰고 잡혀서 고초를 당하는 모습에 스스로 현청에 자수한 거다.
 그만큼, 내 앞의 이 사내는 마음이 약한 자였다.
 나는 말을 이었다.
"그리고 도둑질을 마음껏 할 수 있게 해 드리겠습니다."
"그게 무슨 개소리입니까? 도둑질이 싫다는 놈에게 도둑질하게 해 주겠다니요?"
 그 험한 말에 팔갑과 호위들이 움찔했다.
 하지만 내가 손을 들어 이를 제지했다.
"솔직히 도둑질 그 자체가 싫은 건 아니지 않습니까? 그러니 제 승부에 응했던 것이겠죠."

앞마당 털어먹기 〈99〉

"……."
"그러니까 정보를 도둑질하세요."
"네?"
"왜 꼭 금전을 훔치는 것만 도둑질이라고 생각하시는 겁니까? 훔칠 수 있는 건 꼭 재물뿐만이 아닙니다."
나는 말을 이었다.
"사람의 마음도 훔칠 수 있고, 정보 또한 훔칠 수 있습니다. 그리고 저는 당신에게 정보를 훔쳐 달라고 말하는 겁니다."
그는 멍한 표정을 지었고, 나는 씨익 웃었다.
내가 대도 춘일에게 기대하는 역할은 바로 정보원이다.
나는 능력이 뛰어난 정보원이 필요했다. 그건 아버지 역시 동감하고 계셨다.
상단이 성장할수록 정보의 중요성은 올라갔고, 그래서 일 년에 한 번 백대 상단들이 모여 회합을 하는 것이기도 했다.
나 역시 향후 무림맹을 상대하기 위해서는 양질의 정보가 필요했다.
하오문이 있기는 하지만, 우리가 원하는 만큼 신속하고 정확한 정보를 주는 것도 아닐뿐더러 상대에게 역정보를 주게 될 수도 있다.
지난 삶에서는 은해상단이 십대 상단에 들어갔을 즈음부터 본격적으로 정보대를 운용했었다.

자금이 많이 필요하기에 그때서야 시작한 것도 있지만, 마땅한 인재가 없었던 탓이 컸다.

하지만 지금 내 앞에는 정보대에 최적의 인재가 있다.

그리고 자금도 문제가 없다.

우리 상단은 꾸준히 성장하고 있고, 이 정보들을 통해 더 성장할 테니까.

나는 대도 춘일에게 물었다.

"정보를 훔치는 건 지금보다 훨씬 난이도가 높은 일입니다. 뭐, 아무리 당신이라고 해도 힘들겠죠."

순간 그의 이마에 힘줄이 돋았다.

역시 도둑질에 대한 자존심을 살살 긁는 방법이 제일 잘 통하기는 하는구나.

"어떻게, 가능하시겠습니까?"

"세상에 제가 훔치지 못할 건 없습니다."

"그럼 저희 상단과 계약하지 못할 것도 없겠네요."

나는 미리 준비한 계약서를 내밀며 말했다.

"그렇죠?"

"좋습니다. 계약하죠."

춘일은 내가 내민 계약서에 수결을 했다.

대어를 낚았다.

아주 팔딱팔딱 뛰는 신선한 대어를.

나는 계약서를 회수하며 말했다.

"계약서에 명시되어 있는 대로, 만약 정보 이외의 것을 훔친다면 그만큼은 봉급에서 제하겠습니다. 그 말은 즉,

훔쳐도 본인의 것을 훔친다는 거죠."

내 말에 그는 피식 웃었다.

"제 봉급이 얼마나 된다고 그걸 깝니까?"

"역시나! 계약서 안 읽고 수결하신 겁니까?"

"……?"

"여기 적혀 있지 않습니까? 봉급은 훔쳐 온 정보에 따라 차등 지급한다고요. 가장 가치가 낮은 정보는 은자 한 냥, 가장 가치가 높은 정보는 금자로 열 냥입니다."

"……!"

내 말에 그는 놀라 반문했다.

"진짜입니까?"

"계약서, 다시 읽어 보시겠습니까?"

내 물음에 그는 고개를 끄덕였고, 다시 계약서를 읽어 보았다.

그리고 공손한 태도로 계약서를 돌려주며 물었다.

"언제부터 일하면 될까요?"

돈에 솔직한 자세, 아주 바람직하다.

　　　　　　＊　＊　＊

춘일은 다음 날 아침에 송비 객잔으로 오기로 했다.

고용주가 내가 아닌 아버지인 만큼, 아버지와 면담을 해야 하니까.

이제 이곳 대진루에서의 볼일은 끝났다.

춘일이 별실에서 나가고, 팔갑이 나에게 후다닥 다가왔다.

"도련님! 방금 여기서 나간 저 기, 기, 기녀가…… 남자였습니까요?"

"응."

"어, 어, 어……."

"어떻게 그게 가능하냐고? 그건 나도 몰라."

나는 말을 이었다.

"눈치챘듯이, 전직이 좀 그렇지만 앞으로 우리 식구가 될 자이니, 잘 대해 줘."

"알겠습니다요."

"그럼, 점소이 좀 불러 봐."

내 말에 팔갑은 줄을 당겨 종을 울렸고, 잠시 후 점소이가 들어왔다.

"부르셨습니까?"

"네, 무척 즐거운 시간을 보내고 있던 차에 깜빡 잊고 있던 중요한 약속이 생각나서 이만 가 봐야 할 것 같습니다."

"아, 네."

"얼마입니까?"

나는 점소이에게 주대를 치렀다.

"그리고, 남은 음식들은 드셔도 무방합니다. 다른 젓가락을 사용하여 따로 덜어 먹어 깨끗합니다."

내 말에 점소이의 얼굴이 환해졌다.

"감사합니다. 나으리."

나 혼자 먹기에는 너무나 많은 양이었기에 애초부터 덜어서 먹었다.

주루의 점소이나 하녀들은 물론이고 보통 고용인들에게는 따로 식사가 제공되지 않는 편이다.

그래서 이런 주루 같은 곳에서 일하는 이들은 식비를 아끼기 위해 남은 음식 중에 괜찮은 것들을 골라 식사를 하곤 한다.

그걸 알고 있기에 일부러 깔끔하게 먹은 것이다.

그들에게 이런 날도 있었으면 했으니까.

아예 손을 대지 않을 수도 있지만, 그건 괜한 의심을 살 수도 있었다.

아무튼, 그렇기에 은해상단에서 싼값에 식사를 제공하는 복지에 직원들이 좋아하는 거다.

* * *

다음 날.

약속대로 춘일은 새벽같이 송비 객잔으로 찾아왔다.

아버지와 면담을 하고 난 후, 아버지와 함께 은해상단으로 가는 것으로 결정했다.

그리고 아침을 먹자마자 부모님께서는 은해상단 본단으로 출발하셨다.

당연히 고일평 외총관도 같이 움직였고, 아버지는 나의

안전을 위해 은풍대 일 조의 부조장과 일 조의 절반을 두고 가셨다.

그렇게 부모님과 일행을 배웅한 나는 갑자기 조용해진 객잔을 둘러보았다.

부모님이 출발하시기 전에 사구철 상단주님과 사강 소단주도 섬서의 홍련상단 본단으로 출발했기에 객잔은 조용해졌다.

"후!"

나는 심호흡을 하고는 객잔을 나섰다.

이렇게 시간을 따로 만들었으니, 생각해 둔 것들을 다 처리하고 가야겠지.

잠시 후,

나는 서책방 거리에 있는, 어제 들렀던 작은 서책방에 도착했다.

팔갑과 호위들에게는 잠시 바깥에서 대기해 달라고 하고는 혼자 안으로 들어갔다.

어제와 마찬가지로 서책방의 노인은 서탁 앞에 앉아 본인이 하던 일을 하고 계셨다.

내가 들어오자마자 노인은 고개를 들어 나를 보셨다.

그리고 단도직입적으로 물으셨다.

"그래, 뭐가 궁금해서 왔는가?"

"어르신이 궁금하여 왔습니다."

내 대답에 노인은 가볍게 미소를 지으며 답했다.

"다 늙어 빠진 노인네가 뭐가 궁금하다고."
"어찌하여 제 시종에게 그 서책을 권하셨던 겁니까?"
"재능이 있으니까."
확실하다.
눈앞의 노인은 팔갑이 살왕의 재능을 타고났음을 알고 있다.
"제 시종에게 재능이 있음은 어찌 아신 겁니까?"
"보였으니까."
나는 작게 심호흡을 하고 포권하며 물었다.
"어르신은, 누구십니까?"
내 물음에 그 노인은 손으로 서책들을 가리켰다.
"지금은 그저, 작은 서책방을 운영하는 늙은이라네."
그 말에 나는 내 앞의 노인이 과거 한 끗발 하던 분이라는 것을 알아차렸다.
지금은 그저 작은 서책방을 운영하고 있을 뿐이라는 건, 이전에는 뭔가 대단한 일을 했다는 의미가 함축되어 있으니까.
"나는 그저 그 재능이 아까워 그 서책을 권한 것뿐이네."
여기서 더 밀어붙인다면 노인의 정체가 뭔지 알 수 있겠지만, 그러지 않았다.
상대는 사부님 이상의 고수로 추정되는 데다가, 내게 호의를 가지고 있다.
그렇다면 굳이 밀어붙여서 그의 심기를 거스를 필요는 없지.

나는 다시 공손하게 고개를 숙여 감사를 표했다.
"어르신의 말씀 잘 알았습니다. 제 시종의 재능을 허투루 보지 않고 그 서책을 권해 주심에 감사드립니다."
내 말에 노인은 고개를 끄덕였다.
"그럼 소상은 이만 물러가겠습니다."
"가는 건가?"
"네, 더 이상 어르신을 곤란하게 하는 건 어르신에 대한 예의가 아닌 듯해서 말입니다. 그럼 안녕히 계십시오."
그리고 몸을 돌려 나가려는 도중, 노인의 목소리가 들려왔다.
"살왕들은 대대로 살왕이기 이전에, 시종이었지."
"네?"
"전대 살왕 역시, 충직한 시종이었고."
노인은 그 말만을 남긴 채 다시금 하던 일에 집중했다.
명백한 축객령이다.
그나저나 아무것도 말해 주지 않으실 것처럼 하면서도 뭔가 알려 주시는 것을 보면 생각보다 더 내게 호의적인 것 같은데?

잠시 후,
객잔으로 돌아온 나는 노인이 팔갑을 위해 권해 준 비급을 다시 한번 읽어 보았다.
모든 살왕들은 대대로 살왕이기 이전에 시종이었다는

앞마당 털어먹기 〈107〉

말을 들어서였을까?

비급의 내용이 이전과는 좀 다르게 다가왔다.

기척을 들키지 않는 법이라든지, 표적을 놓치지 않는 법 같은 것을 시종에게 치환해 보면, 주군의 신경에 거슬리지 않고 조용히 있는 법이라든지 주군의 행방을 찾는 방법 등으로 생각할 수 있었다.

대체 그 노인, 정체가 뭐지?

전대 살왕을 알고 있다는 점만 봐도 평범한 인물은 아니다.

순순히 물러났지만, 이는 이보 전진을 위한 일보 후퇴일 뿐이다.

내 손에 들어온 인재를 놓친다면, 억울해서 잠도 안 올 거다.

그나저나 그 일이 내일이었던가? 내일모레였던가?

나는 백천상단이 버린 보물을 주울 생각에 가슴이 두근거리기 시작했다.

* * *

백천상단.

그곳은 무림맹의 자금으로 세워진 상단이다.

협을 행하는 상단을 표방했지만, 사실 그건 눈속임일 뿐이다.

백천상단이 세워진 건 무림맹의 일로부터 원로들의 시

선을 돌리기 위해서였다.

그 백천상단의 상단주로 선임된 이는 남궁강.

그도 왜 시선을 돌려야 하는지는 모른다.

하지만 그는 굳이 그걸 알려고 하지 않았다. 왠지 그걸 알면 안 될 것 같다는 직감이 들었기 때문이다.

지금 그가 관심 있는 건, 상단주라는 직함이 주는 우월감이었다.

상단주라는 이름 아래, 수많은 이들이 자신에게 굽실거릴 때 느껴지는 묘한 쾌감은 그를 기쁘게 했으니까.

그는 상단의 운영에는 관심이 없었다.

무림맹에서 고용한 대행수들이 알아서 운영하는 방식이었기 때문이다.

그가 하는 건 그냥 대행수의 우두머리인 최고 행수가 수결하라는 서류에 수결하는 것뿐이었으니까.

그리고 최근, 최고 행수가 죽었다.

오랜 시간 상단을 운영해 온 최고 행수가 죽었다는 것에 그가 느끼는 감정은 아쉬움이나 애도가 아닌, 짜증이었다.

갑자기 죽어서 그를 귀찮게 했으니까.

뭐, 자신의 후임자를 잘 키워 내어 상단 운영에는 차질이 없도록 했으니 양심은 있는 놈이구나 싶었다.

그는 오랜만에 상단주 집무실이 아닌 상단의 다른 곳을 돌아보고 싶다는 생각이 들었다.

하여 무작정 걷다 보니 어느새 도착한 곳은 상단의 직

원들이 머무르는 처소였다.
"이크! 사, 상단주님을 뵙습니다."
"상단주님을 뵙습니다."
그를 보자마자 하인들은 얼른 땅에 부복했고, 남궁강은 기분 좋게 그 인사를 받아 주었다.
그때, 그의 눈에 띈 한 청년이 있었다.
그 청년의 옆에는 지팡이가 하나 놓여 있었다.
건장한 청년에게 지팡이는 이질적인 물건인 만큼 그의 눈에 띈 거다.
저벅저벅.
곧 그 청년에게 가까이 다가간 남궁강은 그 청년의 다리가 보통 사람들과 다름을 알아차렸다.
그 청년의 오른쪽 다리가 없었다.
"뭐냐? 이 병신은? 이 새끼도 상단의 직원이냐?"
그 물음에 한 직원이 벌벌 떨며 대답했다.
"이, 이 청년은 돌아가신 전대 최고 행수의 아들입니다."
"그 노인네의 아들이라고?"
"네."
"혹시 그 노인네가 최고 행수라는 지위로 자신의 아들이 병신임에도 이곳에 취직시킨 건가?"
"그, 그건 아닙니다. 제 몫을 하기에 이곳에서 일하는 겁니다."
"병신이 무슨 제 몫을 해? 밥만 축내겠지. 됐고, 내 상단에 저런 병신 새끼는 필요 없으니까 내보내."

"네?"

"당장 내보내라고."

"하, 하지만, 전대 최고 행수의 노고를 생각하시어 사정을 봐 주십시오."

"부탁드립니다."

그들의 간청에도 남궁강은 코웃음만 칠 뿐이었다.

"병신이 육갑검법 익히는 소리 하네. 노고는 무슨…… 최고 행수 자리에 앉아서 잘 먹고 잘 살았으면 됐지, 무슨 염치가 있어서 저런 병신 새끼를 이곳에 맡겨 두고 뒈져."

"……."

"뭐 해? 지금 당장 쫓아내지 않고?"

그는 상단의 무사들을 불렀고, 자신의 눈앞에서 당장 그를 치워버렸다.

직원들이 안쓰러운 표정으로 그 모습을 바라볼 때 남궁강이 말했다.

"혹시라도 저 녀석이 불쌍하다고 이 상단에 다시 들이는 자가 있다면, 그자도 같이 내쫓을 테니 알아서들 하게."

그 말에 직원들은 무사들에게 질질 끌려가는 그 모습을 외면해야 했다.

* * *

바람이 불어왔다.

늦가을의 한기가 섞인 그 바람에 어느 담벼락 밑에 앉아 있던 청년이 몸을 움츠렸다.

"어? 아버지. 저기 이상한 사람이 있어요."

"그렇구나."

하지만 한기가 섞인 바람도 따가운 시선도 그에게 별 감흥을 주지 못했다.

그는 지금 분노하고 있었기 때문이다.

그의 이름은 허운(許運).

백천상단의 전대 최고 행수의 외아들이다.

그의 아버지는 고아였다. 그리고 그의 어머니 역시 고아였다.

그 말은 즉, 현재 그는 혈혈단신이라는 의미다.

게다가 그는 장애가 있다.

오른쪽 다리가 없었으니까.

태어날 때부터 이런 건 아니었다.

상단에서 일하던 도중 일어난 마차 사고로 인해 이리된 것이다.

의원은 목숨을 부지한 것이 천운이라고 했지만, 허운은 하늘이 원망스러웠다.

살아서 뭐 하나 싶어서 스스로 죽으려고 했지만, 아버지 때문에 차마 죽지 못했다.

자신을 건사하기 위해서, 그리고 자신 때문에 다른 상단의 직원들에게 피해를 주는 것이 미안해서 밤낮으로 일하던 아버지다.

게다가 명색이 상단주라는 자는 평소 코빼기도 잘 비치지 않았고, 아버지가 이를 메꾸기 위해 얼마나 동분서주했는지도 잘 알고 있었다.

 그런 아버지가 돌아가셨다.

 과로로 인해 병이 커진 것이다.

 차가운 서탁에 엎드린 채 숨을 거둔 것을 발견한 상단의 직원들이 도와준 덕분에 장례를 치렀다.

 그 후 허운은 여전히 백천상단에서 일을 했다. 몸이 불편하지만 제 몫을 해내는 자였으니까.

 하지만 어제, 그는 백천상단에서 쫓겨났다.

 갑자기 뜬금없이 상단주 남궁강이 나타나, 자신을 쫓아낸 것이다.

 그는 자신을 병신이라는 멸칭으로 조롱하며 쫓아낸 것에 대해서는 그러려니 했다.

 그런 멸칭에 마음이 아팠지만, 은연중에 많이 듣던 말이기에 익숙해져 마음에 굳은살이 박였기 때문일 거다.

 하지만, 하지만…… 아버지를 모욕한 건 정말 어찌할 수 없을 정도로 마음이 아팠다.

 그리고 그 슬픔은 분노로 바뀌었다.

 백천상단을 위해서, 그리고 상단주를 위해서 그렇게 개고생을 했는데 그런 노력은 단 한마디 말로 부정되어 버렸다.

 꼬로록.

 뱃속이 요동쳤다. 그러고 보니 어제저녁부터 아무것도

먹지 못했다.

그 상태 그대로 무사들에게 내쳐졌기에 상단에서 아무것도 챙겨 나오지 못했으니까.

백천상단도 상주하는 직원들을 위한 숙소가 있었고, 허운은 그곳에서 살고 있었다.

아버지는 한시도 자리를 비울 수 없었기에 가족들 모두 그곳에 살았다.

그 말은, 그간 모아놓았던 돈도 전부 상단 안에 있다는 의미다.

다른 직원들이 대신 챙겨 주고 싶어도 남궁강 상단주가 두 눈 시퍼렇게 뜨고 지켜보는데 뭘 어찌할 수 없었을 거다.

그는 한숨을 내쉬었다.

"앞으로…… 어떻게 살아야 하지?"

순식간에 빈털터리가 된 그는 앞길이 막막하게 느껴졌다.

취직하고 싶어도 이런 자신을 누가 고용해 준단 말인가?

그도 알고 있다.

자신이 아무리 능력이 뛰어나다고 해도, 이런 모습으로는 자신에게 편견부터 가지리라는 것을.

그때였다.

"어이, 형씨."

고개를 돌려보니 거지들이었다.

"누가 여기서 영업하래?"
"네? 저는 그냥……."
퍽!
그 거지는 허운을 발로 찼고, 그 바람에 그는 나동그라졌다.
"형님, 살살 하십시오. 보아하니 병신 같은데 말입니다."
낄낄대는 그 모습에도 자신은 뭐라고 항변할 수가 없었다.
누가 봐도 자신은 거지였고, 병신이었으니까.
그때였다.
"지금 뭐 하는 거죠?"
그 목소리에 고개를 돌렸을 때, 고급스러운 옷을 입은 한 미청년이 그들을 보고 있었다.
그 뒤에는 곰을 닮은 시종으로 보이는 남자와 세 명의 호위가 서 있었다.
왠지 그 미청년의 눈에서 한기가 느껴졌다.
"지금, 뭐 하냐고 물었습니다만?"

32장. 대별산

대별산

 내 물음에 내가 찾던 보물을 둘러싼 거지들이 주춤거리다가 후다닥 도망가 버렸다.
 내 복장이나 뒤에 있는 호위무사들을 보고는 겁을 먹은 것이다.
 나는 그들을 흘깃 보고는 보물에게 다가갔다.
 "괜찮으십니까? 어디 다친 곳은 없으십니까?"
 "아, 네. 괜찮습니다. 도와주셔서 감사합니다."
 "혹시…… 허원 최고 행수님의 아드님이십니까?"
 그 물음에 그는 나를 경계하며 물었다.
 "그건 왜 물으십니까?"
 "사실 어젯밤 꿈에 허원 최고 행수님이 나오셨습니다. 아들을 도와달라고…… 그리고 이 장소를 보여 주셔서 대체 무슨 일인가 싶어서 무작정 왔는데……."

나는 그를 바라보며 물었다.
"이게 어찌 된 일입니까? 왜 최고 행수님의 아드님이 이런 꼴로 계신 겁니까?"
"그건……."
머뭇거리는 그의 손을 잡았다.
무척 차가웠다.
"대체 언제부터 이러고 계셨던 겁니까?"
"어제저녁부터…… 입니다."
그 말은 즉, 어젯밤 내내 찬바람을 맞으며 있었다는 의미다.
젠장, 이렇게 일찍 쫓겨날 줄 알았으면 진작 찾아올걸.
오늘 오전이라고 생각하고 나름 아침 일찍 나왔는데 말이지.
한편으로는 다행이었다.
일찍 나온 덕분에 거지들에게 큰일을 당할 뻔한 그를 도울 수 있었으니까.
한 대 맞긴 했지만.
그나저나 남궁강 이 나쁜 새끼.
아무리 그래도 그렇지 어떻게 이 추운 날씨에, 그것도 맨몸으로 쫓아낼 수가 있지?
"설명하기 힘드시면 나중에 설명하셔도 됩니다. 지금은 몸을 추스르셔야 할 듯합니다. 이러다가 골병듭니다."
나는 팔갑을 불렀다.
"팔갑아, 허 공을 부축해 드려."

"네. 알겠습니다요."

팔갑이 그를 부축했고, 우리는 다시 객잔으로 돌아왔다.

그리고 점소이에게 따뜻한 죽을 주문했다.

아무래도 어제저녁부터 아무것도 먹지 못했을 테니, 자극적이지 않고 부드러운 음식이 좋을 것 같았기 때문이다.

"그런데 허 공의 이름이 어찌 되시는지요?"

"아, 제 이름은 허운입니다. 운이 좋은 녀석이 되라고 지어 주신 이름인데…… 어찌 반대로만 되네요."

"아직 남은 앞날이 많지 않습니까? 앞으로 운이 좋으실 겁니다."

"말씀만으로도 감사합니다."

그때 점소이가 죽을 가져왔다.

"뜨거우니 천천히 드십시오."

"감사합니다. 잘 먹겠습니다."

그는 뜨거운 죽을 호호 불어 가면서 천천히 먹기 시작했다.

나는 그런 그를 바라보았다.

내가 꿈에서 허원 최고 행수를 봤다는 건 그에게 자연스럽게 다가가기 위한 거짓말이다.

지금 상황의 그에게 있어 아무 이유도 없는 호의는 경계만을 살 뿐이니까.

허운.

그가 바로 내 낙양행의 가장 큰 목적이다.

한쪽 다리를 못 쓰지만 그런 장애 따위는 가볍게 눌러 버릴 정도의 인재다.

내 지난 삶에서 그는 흑도로 흘러 들어갔고, 그제야 그의 진가가 드러났다.

그의 특기는 정보 암기 및 분석이다.

춘일이 가져올 정보를 바탕으로 최적의 결론을 도출해내기 위한 핵심 인재다.

그의 입장에서도 나쁠 게 없다.

내 지난 삶에서는, 흑도에서 일하다가 결국 무림맹에 의해 목숨을 잃게 되니까.

듣기로 무림맹의 회유를 받고도 끝까지 거절했다고 한다.

자신을 내쫓은 백천상단이 무림맹의 상단이니만큼 당연한 선택이겠지.

내가 허운 공자를 은해상단에 고용하고자 하는 건 비단 그의 능력 때문만은 아니다.

그의 아버지, 허원 최고 행수 때문이기도 했다.

나는 허원 최고 행수를 딱 한 번 만난 적이 있다.

아버지가 상단주가 되셨을 때였다.

그때 이를 축하하기 위해 상단주 대신 연회에 참석한 이들 중 한 분이 바로 허원 최고 행수였다.

당시에는 그냥 행수 중 한 분이셨지만.

그때 나에게는 아직 팔갑이 없었고, 유모 몰래 슬쩍 나와 놀다가 넘어졌다.

무릎을 다친 나에게 다가와 지니고 있던 금창약을 발라 주셨었다.

그때 그분이 말씀하셨다.

"너도 나중에 커서, 누군가를 도울 수 있는 상황이 된다면 다른 이들을 돕는 사람이 되려무나."

내가 전에 당조웅에게 했던 말이 바로 허원 최고 행수가 해 주셨던 말이다.

잡화점 노인의 조언을 듣고 낙양으로 가기로 결심했을 때, 그분에 대한 것이 떠올랐다.

아들인 허운 공자의 비참한 최후도.

지금의 나에게 당시의 그 말이 유언이나 다름없었기에, 이렇게 움직인 것이다.

만약 허운 공자에게 별다른 능력이 없었다고 해도 나는 움직였을 거다.

난 원한을 잊지 않는 것처럼, 은혜도 잊지 않으니까.

잠시 후,
식사를 마친 나는 객실로 올라갔다.
내 객실은 최상급 객실인 만큼 제법 넓은 다탁이 있었기에 그와 대화를 나누는 데 무리가 없었다.
그와 이런저런 이야기를 했는데, 주로 허원 최고 행수에 대한 이야기였다.

그러면서 은근슬쩍 백천상단에 대한 불만을 토로했다.

"허 최고 행수님께서 상단을 위해 얼마나 애를 쓰셨는데, 장례에도 오지 않으셨다죠?"

"……."

"참 많이 속상하셨겠습니다."

그렇게 살살 달래기도 하고 긁어 주기도 하자, 그는 결국 마음을 열고 자신이 쫓겨난 일에 대해 이야기해 주었다.

"그건 기대도 하지 않았습니다. 하지만 그자는 제 아버지의 모든 노고를…… 부정했습니다."

"……."

"그리고 저는 그자에게 쫓겨났습니다. 다리 병신이라는 이유로."

탁자 위에 올려진 그의 손에 힘이 들어갔다.

"저런! 그래서 그렇게 처량하게 계셨던 거군요."

"……네."

그는 잠시 입을 다물고 있다가 결심한 듯 내게 고개를 깊이 숙이며 말했다.

"초면에 이런 부탁을 드리는 것이 염치는 없으나, 소단주의 상단에 저를 고용해 주십시오."

"네?"

당황해서 반문하는 나에게 그가 말을 이었다.

"당혹스러워하시는 것이 당연합니다. 저는 다리도 불편하고 여러모로 부족하니 말입니다. 하지만 저는 사무를 잘 봅니다. 아버지를 비롯한 다른 행수님들도 칭찬해 주실 정도로 빠르게 일을······."

"아, 아니, 그게 아니라······ 좋아서요."

"네?"

이번에는 그가 당황스러워했다.

"공자가 저희 상단에 취직하고 싶다고 말씀해 주실 거라고는 생각하지도 못해서 말입니다."

나는 말을 이었다.

"저도 공자가 뛰어난 인재라는 것을 알고 있습니다. 만약 일을 정말 못하셨다면 허원 최고 행수님께서 일을 시키시지 않았겠죠."

"하긴, 아버지라면 충분히 그러실 분이죠."

"그래서 이 낙양의 다른 곳에 취직하실 거라고 생각했습니다."

허운 공자는 망설이다가 힘겹게 대답했다.

"저는······ 낙양에 머무르고 싶지 않습니다."

그 말에 나는 고개를 끄덕였다. 그 마음이 이해되었기 때문이다.

아무튼, 내가 은해상단의 식구가 되는 것을 권하기도 전에 먼저 고용해 달라고 청한 상황이다.

이를 거절하는 건 아니 될 말이지.

"저희 은해상단에 오신다면, 저희야 환영입니다. 저희는 언제나 인재를 기다리거든요."

이렇게 이번에 낙양에서 얻을 수 있는 보물들은 다 얻었다.

"하나 미련이 남아 있기는 합니다만, 그건 잊고 가야 할 것 같습니다."
"그게 무엇입니까?"
"사실, 백천상단 안에 아버지와 제 물건들이 남아 있습니다. 하지만 그걸 가지고 나올 수가 없습니다."
한쪽을 바라보며 아련한 표정을 짓던 그는 다시 고개를 내게 돌리며 말했다.
"그러나 이왕 새로 시작하는 것 모든 것을 버리고 가는 것도 괜찮겠다고 생각됩니다."
이전 삶에서 내가 허운 공자에 대해 알게 된 건 하오문을 통해서였다.
당시 무림맹이 흑도와의 정보전에서 밀리는 것이 흥미로워 그에 대한 정보를 구매했던 것이다.
그때 또 하나 알게 된 것이 있었다.
당시 허원 최고 행수와 허운 공자가 거하던 처소는 그때부터 계속하여 비어 있었다는 것.
아니, 그 안에 있던 그 어떤 것도 건드리지 않았다고 한다.
그만큼 허원 최고 행수가 덕망이 높았다는 의미겠지.
나는 확신을 담아, 그에게 약속하듯 말했다.
"나중에."
"네?"
"나중에 그것들, 직접 가지고 나오실 수 있게 될 겁니다."

．

．

．

다음 날.

우리는 아침 일찍 송비 객잔을 떠났다.

낙양에서 얻을 수 있는 것들을 다 얻었으니 굳이 더 머무를 이유는 없었으니까.

본단으로 돌아가는 길에 위치한 대별산이라는 곳의 초입에 도착했다.

상서(尙書)의 우공(禹貢) 편에 의하면 남쪽과 북쪽의 산과 강이 만나는 지점이라 하여 대별산이라 했다.

남쪽에서 발원한 물은 장강으로, 북쪽에서 발원한 물은 회하로 흘러가는 일종의 분수령이 대별산이다.

그리고 이곳에 내가 마지막으로 가지고 갈 보물이 있다.

나와 팔갑 그리고 허운 공자가 탄 마차가 천천히 산을 오르고 있었다.

그리 높고 험한 산도 아닌 데다가 세 지역을 잇는 교통의 요지다 보니, 관도가 뚫려 있었다.

"저 앞에 보이는 나무 밑에서 잠시 쉬어가자."

내 말에 팔갑은 즉시 말을 타고 가던 서우 무사에게 전달했고, 서우 무사는 일조 부조장에게 전달했다.

"많이 피곤하시죠?"

내 물음에 그는 고개를 저었다.

"괜찮습니다. 마차를 타고 움직이는데 불편할 것이 무

어가 있겠습니까?"

"제 생각보다 체력이 좋으십니다."

"사실, 지팡이에 의지한 채 한쪽 다리로 걷는 것이 제법 힘이 드는 일이다 보니 저절로 체력이 길러지더군요."

"그렇군요. 그런데 그 말은 원래부터 불편한 몸은 아니셨다는 건데……."

"그렇습니다."

나는 그에게 다리를 잃은 일에 대해서 들을 수 있었다.

백천상단에서 일을 하다가 다리를 잃었는데, 그 어떤 보상도 없이 쫓아내다니!

개보다 못한 새끼.

역시 남궁강 상단주는 쓰레기였다.

그때 움직이던 마차가 멈추었다.

나는 마차에서 내리며 허운 공자에게 물었다.

"잠시 바깥바람을 쐬시겠습니까? 도와드리겠습니다."

"염치 불구하고 신세 좀 지겠습니다."

내가 아름다운 대별산의 모습을 눈에 담고 있던 때, 서우 무사가 다가왔다.

"주군, 오늘은 이곳에서 야영을 해야 할 듯합니다."

"조금 있으면 해가 저물겠군요."

"그렇습니다. 오늘 더 가기에는 애매하니 차라리 이곳에서 야영을 하는 편이 안전할 듯합니다."

서우 무사는 표두 출신이었고, 표행을 하다 보면 야영을 밥 먹듯이 하니, 그에 대한 지식 역시 전문적이었다.

"부조장님과 상의하여 알아서 하세요."

"알겠습니다."

곧 서우 무사는 일조 부조장에게 다가가 야영에 대해 논의하기 시작했다.

은해상단의 무사들 역시 야영에 익숙하긴 하지만, 그래도 표두 출신인 서우 무사에 비하면 경험이 부족한 편이다.

그래서 그런지 눈을 반짝이며 서우 무사의 말을 듣고 있었다.

나는 팔짱을 끼고는 속으로 씩 웃었다.

음, 계획대로군.

나는 오늘 출발할 때 일부러 시간을 끌었다. 오늘 밤 여기서 야영을 해야 했기 때문이다.

다행히 시간을 딱 맞춘 듯했다.

.

.

.

저녁을 먹고 난 후 부조장에게 대수롭지 않게 이야기를 꺼냈다.

"잠시 이 근처를 둘러보고 오겠습니다."

"산책하러 가시는 겁니까?"

그 물음에 나는 고개를 끄덕였다.

"네. 저녁을 많이 먹었는지 소화가 잘 안 되네요. 아무래도 좀 걸어야 할 듯합니다."

그리고 내가 자리에서 일어나자 팔갑과 네 명의 호위무

사가 동시에 자리에서 일어났다.

이제 낙양을 벗어났으니 진유 무사도 자유로이 움직일 수 있었다.

"저도 같이 가겠습니다요."

"저희도 함께 하겠습니다."

"그렇게 하세요."

나는 그렇게 다섯 명을 데리고 대별산의 숲속으로 들어갔다.

저벅, 저벅, 저벅,

우리의 발소리가 숲을 울렸다.

이렇게 숲을 걸을 땐 일부러라도 발소리를 내는 편이다. 그래야 산짐승들이 알아서 도망가니까.

모습을 드러낼 산짐승들은 미리 모습을 드러내겠고.

어느덧 우리 목소리가 들리지 않을 정도로 깊은 숲속에 들어왔을 때, 나는 발걸음을 멈추었다.

그러곤 몸을 돌리며 씨익 웃었다.

내 웃음에 팔갑이 한숨을 내쉬었다.

"그럴 줄 알았습니다요. 쉴 수 있을 땐 침상에서 숨만 쉬시는 분이 갑자기 산책이라니 뭔가 이상하다고 생각했습니다요."

"야, 내가 언제 숨만 쉬었다고 그래? 이리 뒹굴 저리 뒹굴도 했다고."

그리 말하며 호위무사들을 보았다.

그들은 이해한다는 듯이 고개를 끄덕였다.

"……."

나는 한숨을 내쉬며 말을 이었다.

"그래, 내가 이렇게 숲 안으로 들어온 건 오늘 이곳에서 얻을 것이 있기 때문이야."

서우 무사가 무언가를 떠올린 듯 물었다.

"혹시 전에 말씀하셨던 그 서책 속에 숨겨져 있던 쪽지에 대한 것입니까?"

"네. 맞아요. 사실 그 쪽지가 한 장이 아니었거든요."

내 말에 이필 무사와 진유 무사가 고개를 갸웃했다.

그 모습에서 여응암 무사와 서우 무사가 그들에게 야명주에 대한 이야기를 전혀 하지 않았음을 알 수 있었다.

호위무사의 필수 조건 중 하나가 바로 입이 무거워야 한다는 것이니만큼, 이들은 역시 좋은 호위무사들이다.

나는 다른 세 명에게도 야명주에 관한 이야기를 해 주었다.

"그게 정말입니까요?"

팔갑의 말에 나는 고개를 끄덕였다.

"응. 그러니까 여기에도 보물이 있을 가능성이 아주 높아."

그리고 내가 이곳에서 찾는 보물은 '술'이다.

세상에는 술을 즐기는 이들이 참 많고, 그만큼 술의 종류도 다양하다.

그리고 지금, 이 대별산에서 얻을 수 있는 특별한 술이 있다.

대별산 〈131〉

천향로주(天香露酒).

천향(天香)이라 불리는 영초의 꽃에 모이는 술이다.

하늘의 향기라고 할 정도로 향기로운 꽃에 모이는 술이니만큼 그 주향은 한 번 맛보면 평생 잊지 못할 정도라고 한다.

그리고 어느 특별한 병의 특효약이기도 하다.

"그러니까 여기 대별산에 천향로주가 있다는 겁니까?"

서우 무사의 물음에 나는 고개를 끄덕였다.

"제가 본 쪽지에는 그렇게 적혀 있더라고요. 그래서 확인하러 가는 거예요. 물론 하나는 진짜였지만, 다른 하나는 거짓일 수도 있죠."

나는 말을 이었다.

"하지만 확인하지 않았다가 나중에 저게 사실로 밝혀지면 '아, 그때 확인하러 갔어야 했는데.' 하고 후회하겠죠."

내 말에 모두 고개를 끄덕였다.

다들 그런 경험이 있을 만하니까.

"그럼 천향로주를 찾으러 가는 것에 모두 동의하시는 거죠?"

내 물음에 여응암 무사가 대답했다.

"저희는 그저 주군이 가고자 하시면, 따를 뿐입니다."

그 말에 다른 호위무사들도 고개를 끄덕였다.

팔갑이 귀밑을 긁적이며 말했다.

"솔직히 저희가 뭔 힘이 있어서 도련님께 가라 마라 하겠습니까요? 그리고 저희가 말려 봤자, 어차피 가실 거 아닙니까요?"
 "역시 팔갑이야. 날 너무 잘 알아."
 "네?"
 "아, 속마음이 입으로 나왔네."
 나는 미소 지으며 말했다.
 "그럼 가자."

 천향로주가 있는 곳은 대별산의 기슭이다.
 천향이라는 영초 자체가 산기슭에만 있는 영초였고, 가을에만 피는 꽃이니만큼 지금이 딱 적기이다.
 캄캄한 산기슭을 헤매야 하지만 상관없다.
 우리에게는 야명주가 있었으니까.
 그렇게 한 시진 정도를 걷던 중, 우리는 어떤 향기를 맡았다.
 뭐라 설명할 수 없을 정도로 좋은 향기였다.
 향기가 눈에 보였다면, 아름답다는 말이 절로 나왔을 정도.
 "설마 이 향기가…… 천향의 향기입니까?"
 놀란 듯한 이필 무사의 물음.
 "그런 것 같네요. 저도 처음 맡아 보는 향기지만요."
 나는 고개를 끄덕이고는 그 향기가 풍겨 오는 곳으로 향했다.
 사람 머리만 한 자색 꽃들이 피어 있고, 그 꽃의 가운데 움푹 파인 곳에 자색의 액이 고여 있었다.

"천향이네요."
"정말 천향이 있었군요. 대체 그 쪽지 뭡니까?"
이필 무사의 말에 나는 피식 웃었다.
"어떤 은거기인이 심심풀이로 적어 놓은 게 아닐까요? 그리고 솔직히 기연이라는 건 원래 개연성이 없는 거니까요."
"그렇긴 하죠."
내가 주머니에서 호리병을 꺼내는 것을 본 서우 무사가 혀를 내둘렀다.
"철저하시군요."
나는 씩 웃으며 말했다.
"그럼 이 안에 천향로주를 담아 볼까요?"
내 지난 삶에서 이 천향로주는 참 어이없게 소비된다.
한 남자가 대별산에서 길을 잃고 헤매다가 천향을 발견한다.
그리고 그 안에 고인 천향로주를 마시게 되고, 남은 것을 호리병에 담아 내려간다.
그 향기를 맡은 한 고수가 그에게 충고한다.

"그건 천향로주라고 하는 대단한 영약이네. 그걸 제대로 간수할 자신이 없으면 그럴 능력이 있는 자에게 넘기는 게 나을 걸세."

그걸 누군가 듣게 되었고, 소문이 퍼지고 말았다.

결국 좋지 않은 결과가 벌어졌다.

그 천향로주로 인해 그 남자가 살던 마을에 다툼이 일어나고 마을 사람들끼리 서로 원수가 되어 버렸으니까.

하지만 오늘, 천향로주는 내가 몽땅 가져가니 그 남자의 마을 사람들이 서로 원수가 될 일은 없겠지.

"그런데 도련님, 이 천향로주를 채취하면 이 꽃들은 어떻게 되는 겁니까요?"

"응, 천향로주를 채취하든 하지 않든, 어차피 시월 말이 되면 꽃이 지고 한 오백 년 후에나 다시 핀다는데."

"헐! 그럼 엄청 비싸겠네요."

"그럼! 무가지보인 걸."

"그런데 이 술을 마시면 어디에 좋은 겁니까요?"

팔갑의 의문을 풀어준 것은 진유 무사였다.

"혹시 절맥증에 대해서 아십니까?"

"네, 들어 봤습니다요. 구음절맥이니 구양절맥이니 그랬던 것 같습니다요."

"네, 그 절맥증의 특효약입니다. 어떤 절맥증이든 상관없죠."

진유 무사는 말을 이었다.

"그렇기에 이 일은 주군께서 허락하시기 전에는 침묵을 지켜야 하는 겁니다. 만약 천향로주가 저희에게 있다는 소문이 돈다면, 피바람이 불 수도 있습니다."

"흐익!"

진유 무사의 경고에 팔갑은 몸을 부르르 떨며 나를 보

앉다.
 진짜냐는 듯한 눈빛에, 나는 크게 고개를 끄덕였다.
 "진유 무사의 말대로야."
 내 지난 삶에서 아들의 태양절맥을 고치기 위해 천향로주를 필요로 했던 한 아버지가 그 남자에게 접촉했다.
 그 남자가 그 술을 그 아버지에게 넘겼지만, 효과가 없었다.
 천향로주가 가짜였던 것.
 이에 그 아버지는 화가 나서 그 남자에게 따지러 갔다. 하지만 알고 보니 술을 좋아하는 이웃 남자가 몰래 그 술을 훔쳐 먹고는 다른 술을 탄 것이다.
 이에 망신을 당해 화가 난 그 남자는 이웃 남자와 싸우다가 그 남자를 찔러 죽였다.
 이에 이웃 남자의 아들이 눈이 돌아가 그 남자를 죽이려고 했지만, 어쩌다 보니 싸움을 말리러 온 엉뚱한 사람을 죽이게 되었다.
 그렇게 이상한 방향으로 복수의 고리가 연결되며 마을 전체가 서로 원수가 된 것이다.
 "다 담았습니다."
 천향로주는 총 세 개의 호리병에 가득 담겼다. 나는 두 개를 주머니에 넣고는 나머지 하나를 호위무사들에게 내밀었다.
 "천향로주의 맛, 궁금하지 않나요? 한 모금씩 드셔 보세요."

내 권유에 팔갑과 네 호위무사들은 손을 저었다.
"아닙니다!"
"어찌 이 무가지보를!"
"이건 저희보다 더 필요한 이들이 마셔야 합니다."
"맞습니다. 게다가 저희는 지금 술을 마실 수 없습니다. 주군을 지켜야 하는데 어찌 술을 입에 대겠습니까?"
그들의 말에 나는 고개를 끄덕였다.
"그럼, 본단에 돌아가면 그땐 마셔도 되겠죠?"
"……."
싫다는 말이 금방 나오지 않는 것으로 보니, 마음은 있다는 거네.
당연한 거다.
저들 역시 사람인 이상, 욕망이라는 것이 아예 없을 수는 없으니까.
지금 내가 주는 것을 사양하는 것만으로도 지금 엄청난 자제력을 발휘하고 있는 것이다.
이 술의 향기는 절세미녀의 유혹만큼이나 강렬했으니까.
그리고 억누른 욕망은 조금씩 풀어 줘야 나중에 탈이 나지 않는 법이다.
"사실, 이 술을 약으로 쓰는 것이 아니라 그냥 술로 마실 때는 약 백 배 희석해도 향은 그대로라고 합니다."
솔직히 이건 술이라기보다는, 숙성된 음료다.
그렇기에 술에 타서 먹는 게 술맛은 제대로일 거다.
"그러니 본단에 돌아가서 이걸로 회식 한 번 하죠."

대별산 〈137〉

그제야 그들도 마음이 편해진 듯 고개를 끄덕였다.
"주군의 배려에 감사드립니다."
"그럼 돌아갈까요?"
나는 천향로주가 들어 있는 주머니를 만지작거리며 야영지로 돌아갔다.
내일쯤, 그 마을에 도착하겠군.
내 지난 삶에서 이 천향로주를 필요로 했던 아버지가 사는 마을은 내일쯤 도착할 마을이다.
나는 천향로주를 주고 그 아버지와 거래를 할 생각이다.
목숨을 가지고 거래를 하냐는 소리를 할 수도 있겠지만, 내 생각에 이것은 정당한 거래다.
이전 삶에서는 천향로주를 구하지 못해서 그 아들이 목숨을 잃었으니까.
그리고 내가 대가로 요구할 것도 그 아버지에게 그리 큰 것도 아니다.
또한, 많은 이들을 살릴 요구이기도 하다.

* * *

대별산에서 빠르면 하루 정도가 걸리는 곳에 한 마을이 있다.
그 마을의 이름은 민장촌(閔莊村).
수원 근처다 보니 제법 풍족한 마을이기도 했다.
그 마을의 토지 대부분은 민익(閔益)이라는 이름을 가

진 대지주가 소유하고 있다.

마을 사람들은 민 장주의 토지를 소작 부쳐 먹고 살고, 집터라든지 상점의 터 등도 민 장주의 땅이니만큼, 어찌 보면 지현보다 더 높은 위세를 지니고 있었다.

지현도 그가 현청에 오면 먼저 고개를 숙였으니까.

걱정이 없을 것 같은 그에게도 근심거리가 있었으니, 그의 둘째 아들이었다.

둘째 아들은 세 살에 천자문을 뗄 정도로 무척 영특했지만 유독 뜨거운 것을 견디지 못했다.

하여 추운 겨울에도 난방 하나 하지 않고 지낼 정도.

대체 무슨 일인가 싶어 수많은 의원을 불러 진맥하게 한 끝에 마침내 이유를 알아냈다.

"이 아이는 태양절맥이오. 몸속에 태양을 품고 있으니 얼마나 뜨겁겠소."

"네? 태양절맥이라고 하셨습니까?"

"그렇소. 양기가 강한 만큼 총명하고 무공에 대한 재능도 탁월하겠지만, 그 양기가 너무 강해서 선천진기가 타 버리는 탓에…… 스무 살 이전에 죽는 게 대부분이오."

"그, 그럼 어찌해야 합니까? 어떻게 해야 제 아들이 살 수 있습니까?"

"영약을 먹어야 하오."

"네?"

"설산에서 나는 만년한삼과 같은 극음의 영약이나 그

어떤 절맥증도 치료할 수 있는 천향로주. 그런 것이 아니라면 고칠 수 없소."

"그런!"

"극음의 체질을 지닌 자가 곁에 있으면 그 명을 연장할 수도 있겠지만, 그런 체질을 지닌 자가 많은 건 아니니……."

그때부터 민익은 아들을 고칠 수 있는 영약을 수소문하기 시작했다.

하지만 몰려오는 건 사기꾼뿐.

그렇게 그는 하루하루 지쳐 가고 있었지만, 포기하지 않았다.

어찌 아비가 되어 자식의 목숨을 포기할 수 있을까?

그렇게 시간은 헛되이 흘렀다.

어느덧 시월이 지나가고 있었다.

겨울이 되면 아들의 상태가 좀 호전되기에 다행이구나 싶었다.

자신의 집무실에서 올해 거둔 곡식의 양을 계산하던 때였다.

끼이이익.

갑자기 닫혀 있던 창문이 저절로 열렸다.

"……?"

처음에는 바람인가 싶었다. 하지만 열린 창문을 통해 바닥에 툭 하고 떨어진 서신을 보는 순간 바람 때문에 열린 게 아님을 깨달았다.

그는 자리에서 일어나 창문을 활짝 열어 보았다.

하지만 그 누구도 보이지 않았다.

'그러고 보니 내 집무실은 삼 층인데 어찌?'

그는 바깥에서 호위를 서는 무사에게 물었다.

"방금, 누군가 왔다 갔나?"

"아무도 오지 않았습니다."

"방금 갑자기 창문이 열렸다."

"잠시 강한 바람이 불었던 듯합니다."

호위무사는 충직한 데다 실력도 믿을 만한 이였기에 그 말을 믿을 수밖에 없었다.

'대체······.'

지금 그의 가까이서 호위하는 무사가 잠시 자리를 비웠다는 것이 아쉬웠다.

'설마 그걸 알고?'

그는 바닥에 떨어진 서신을 들어 펴 보았다.

[오늘 밤, 아드님의 병을 고칠 영약을 가지고 집무실로 찾아뵙겠습니다.]

* * *

그날 밤.

나는 지금 민장촌이라는 마을의 객잔에 묵고 있다.

이곳 마을의 이름이 민장촌인 이유는, 이 마을의 땅 대부분이 민익 장주의 소유였기 때문이다.

그리고 이곳에서 천향로주를 필요로 하는 이가 바로 이곳 민장촌의 실질적인 주인인 민 장주이다.

나는 금령을 통해서 그에게 오늘 밤 찾아뵙겠다는 서신을 보냈다.

이제 슬슬 가 봐야 할 때가 되었군.

나는 진유 무사만 대동하고 민가장으로 향했고, 곧 그 주변에 다다랐다.

"여기서부터는 저 혼자 움직이겠습니다. 그러니 진 무사님께서는…… 알아서 움직이세요."

"알겠습니다."

누구든, 나 혼자 움직인다는 말을 거부할 것이 분명했기에 그를 데리고 온 거다.

진유 무사의 전직은 살수였으니, 어디서든 나를 호위할 수 있는 곳에 있겠지.

만약 팔갑이 그 서책방의 노인이 권해 준 비급을 익힌다고 한다면 진유 무사에게 부탁해야겠군.

나는 민씨 장원의 담벼락을 넘었다.

무흔보법을 극성으로 사용하고 있는 만큼, 그 누구도 나의 기척을 알아차리지 못했다.

애초에 발소리는 물론이고 발자국도 남지 않는 보법이었으니까.

다른 이들의 기척을 피해서 조용히 민 장주의 집무실이

있는 건물 쪽으로 향했다.

 나는 창문을 통해서 들어갈 생각이니까.

 사부님의 수련 덕분에 벽을 타고 올라가는 것도, 지붕을 걷는 것도 별 힘들지 않았다.

 사부님의 기초 체력 훈련이 좀 힘들어야지.

 아무튼, 삼 층의 집무실에 도착해서 힐끗 위를 살펴보았다.

 사 층에 누군가 있었던 흔적이 있었다.

 미리 호위를 물려 놓으셨나 보군.

 나는 슬쩍 창문을 밀었다.

 끼이이익.

 열린 창문을 통해 서탁에 앉아 있는 민 장주가 보였다. 내 기억 속 그대로의 모습이다.

 "영차."

 창문을 넘자, 그가 고개를 들었다.

 나는 의관을 정제하고는 포권했다.

 "장주님을 뵙습니다."

 "이 서신을 보낸 자가, 자네인가?"

 그의 손에 들린 서신을 보며 나는 고개를 끄덕였다.

 "네."

 "그냥 찾아오면 될 것을, 어찌하여 이런 서신을 보낸 것인가?"

 "그야 물론, 저와 장주님을 지키기 위해서입니다."

 "……"

"영약을 수소문하고 있으시기는 하지만, 정말 그걸 구하게 된다면 얼마나 귀찮은 일이 벌어질지 짐작되시지 않습니까?"

"그건 그렇지."

나는 주머니에서 호리병을 꺼냈고, 옆의 다탁 위에 올려놨다.

"천향로주입니다."

"……!"

"아시다시피 모든 절맥증의 특효약이죠."

민 장주는 이내 놀라움을 가라앉히고 침착하게 물었다.

"뭘 원하는가?"

민 장주의 말에 나는 단도직입적으로 말했다.

"곡식을 원합니다."

"곡식…… 이라고?"

"네."

"자세히 말해 보게. 그렇게만 말하면 나로서는 알 수가 없네."

"앞으로 삼 년 동안, 소출의 사분의 일을 주십시오."

민 장주의 표정이 굳어졌다.

이 풍요로운 마을의 대부분의 농지를 소유하고 있는 민 장주이기에 그가 거두어들이는 곡식의 양은 어마어마하니까.

"아, 지금 결정하지 않으셔도 됩니다. 아직 아드님의 병이 낫지도 않았는데 대가를 받는 그런 몰염치한 놈은 아니라서요."

나는 차분히 설명을 이어 갔다.
"이 천향로주는 밤에 먹이는 편이 좋습니다. 그리고 이걸 마시면 아마 이틀에서 사흘 정도 푹 잘 겁니다. 아드님이 깨어나시면 그때 모든 병이 나아 있겠죠. 그때 다시 이야기하는 게 좋겠습니다."

그리고 포권을 하고는 다시 창문을 열고, 지붕을 통해 민가장을 나왔다.

"고생하셨습니다."
담장 옆에 가볍게 내려앉았을 때, 옆에서 진유 무사의 목소리가 들렸다.
"오래 기다리셨죠?"
내 물음에 그는 그냥 웃을 뿐이었다.
그걸 보고 확신했다. 나도 모를 정도로 주변에 잘 숨어 있었다는 것을.

* * *

그 시각.
민익은 자리에서 일어나 다탁으로 향했다. 그의 시선은 다탁 위 호리병에 박혀 있었다.
"이게…… 천향로주라고?"
그는 호리병을 들었고, 마개를 열어 보았다.
뽁!

그와 동시에 사방에 퍼지는, 그윽한 향기는 이루 말할 수 없을 정도로 향기로웠다.

그의 손이 떨렸다.

'지, 진짜 천향로주인가?'

그는 떨리는 손으로 간신히 호리병의 뚜껑을 닫아 내려놓았다.

그리고 차분히 심호흡을 했다.

"후!"

그렇게 마음을 진정시키자, 이내 자신에게 영약을 준 미청년의 정체에 생각이 미쳤다.

얼굴을 가리지 않고 왔다는 건 얼굴을 가릴 필요가 없다는 의미다.

그리고 자신이 그 정체를 알게 되어도 상관없다는 의미이기도 했다.

하지만 이렇게 밤에 몰래 찾아왔다는 건, 대외적으로는 비밀로 해 달라는 뜻일 터.

"희야."

그의 물음에 천장에서 검은 복면의 무사가 바닥으로 내려왔다.

그의 호위무사였고, 그가 있기에 주변을 물린 것이기도 했다.

"부르셨습니까?"

"방금 방 안에 왔던 청년을 보았느냐?"

"네. 보았습니다."

"어때 보이더냐?"

"확실히 범상치 않아 보였습니다. 그리고 그는 제가 이곳에 있음을 알고 있었습니다."

"뭐?"

놀란 표정으로 되묻자, 희라고 불린 호위무사가 말을 이었다.

"제가 있는 곳으로 시선을 두곤 했었습니다."

"……."

"또한, 제가 쉽게 그 경지를 짐작할 수 없었습니다. 그 말은 즉, 그의 무공이 저와 동급 혹은 그 이상이라는 의미입니다."

"……그렇구나."

민익은 고개를 끄덕였다.

"이 호리병 안에 든 것이 천향로주가 맞느냐?"

"저 역시 아까 향을 맡았습니다. 제가 아는 천향로주의 향과 거의 흡사합니다. 게다가 상당히 눈에 띄는 얼굴임에도 그 얼굴을 가리지 않았다는 건 그만큼 자신 있다는 의미라 생각됩니다."

"……."

잠시 생각하던 민익이 말했다.

"한 번 알아보도록 해라."

"알겠습니다."

그는 호리병을 들었다.

이게 가짜든 진짜든 솔직히 그가 할 수 있는 건 지푸라

기라도 잡는 것이다.
 그리고 아들의 병이 낫는다면 그 정도 요구는 들어줄 수 있었다.
 그는 각오를 다지며 아들의 처소로 향했다.

"아직 안 자고 있었느냐?"
"네. 아버지."
 그의 아들의 나이는 이제 아홉 살.
 평소 숨을 가쁘게 몰아쉬던 그였지만, 오늘은 왠지 평소와 달리 그리 많이 힘들어 보이지는 않았다.
"날이 차서 그런가, 몸이 편한 모양이구나."
"한 반 시진 정도 전부터 갑자기 몸이 편해졌습니다. 그래서 그동안 하지 못했던 공부를 하던 중이었습니다."
"그래?"
 민익은 그냥 오늘따라 건강 상태가 괜찮구나 생각하며 말을 이었다.
"이 늦은 밤에 이리 온 것은, 네 병을 낫게 해 줄 약을 구했기 때문이란다."
 하지만 아들의 표정은 그리 기뻐 보이지 않았다.
 그간 아들 역시 수많은 가짜 약을 먹으며 속았기 때문이었다.
 심지어 죽을 뻔한 고비를 넘긴 적도 있었기에 그리 달갑지는 않았다.
 하지만 아버지의 그 마음을 알기에 싫다고 하지 않는

것뿐이었다.

"주십시오. 지금 먹겠습니다."

그 말에 민익은 호리병을 내밀었고, 아들은 그 호리병의 마개를 열었다.

"……!"

그 순간, 방안을 가득 채우는 향기에 아들은 놀랐다.

처음 맡아보는 향은 무척이나 향기로웠고 그 향에 심신이 평온해지는 기분마저 들었다.

"천향로주라고 한다. 내가 문헌에서 본 것처럼 향이 매우 좋더구나."

그 말에 아들은 가슴이 두근거렸다.

이번에는 자신의 병이 나을 수 있을 거라는 기대감이 차오르고 있었다.

솔직히 그라고 왜 자신의 병을 고치고 싶지 않겠는가?

태양절맥증으로 인해 가장 고통스러운 건 본인인데.

솔직히 포기하고 싶었지만, 백방으로 노력하는 아버지의 모습 때문에 포기하지 못했을 뿐.

그는 조심스럽게 호리병을 기울여 천향로주를 마셨다.

그리고 호리병을 다 비우자, 눈앞이 핑핑 도는 듯한 느낌이 들었다.

이내 쏟아지는 졸음에 그대로 눈을 감았다.

그대로 잠들어 버린 아들의 모습을 본 민익이 옆으로 고개를 돌렸다.

같이 들어온 의원이 고개를 끄덕이며 말했다.

"명현현상인 듯합니다."
"정말 명현현상입니까?"
"네, 제가 아는 천향로주의 명현현상과 같습니다."
이걸 주고 간 미청년의 말과 동일했다.
하지만 그것만을 믿고 쉬기에는 마음이 편치 않았다.
그래서 아들을 직접 침상에 눕히고는 가슴을 졸이며 그 옆을 지켰다.

* * *

나는 아직 민장촌의 객잔에 머무르고 있다.
주변 풍경이 좋다는 이유로, 이곳에서 며칠 더 머물자고 했기 때문이다.
하지만 이곳에 머무는 진짜 이유는, 민 장주와의 거래를 마무리하기 위해서이다.
내가 준 천향로주를 마신 민 장주의 아들의 태양절맥증이 다 나을 것은 확실했다.
그때가 바로 거래를 할 때이다.
상대방이 고마움에 감격할 때, 거래에 있어 우위를 점할 수 있으니까.
나는 창밖을 내다보며 말했다.
"팔갑아. 오늘 날씨 엄청 좋은데, 나들이 갈까?"
"네? 나들이요?"
"응, 여기에 나들이하기에 좋은 장소가 있다고 객잔 주인이 그러더라고. 그러니까…….."
 나는 말을 더 잇지 못하고 피식 웃고 말았다.
 팔갑이 내 옷을 공손히 들고 서 있었기 때문이다.
 "뭐 하십니까요? 얼른 옷 갈아입으셔야지요."

 우리는 인근 계곡에 도착했다.
 단영(丹影) 계곡이라 불리는 곳인데 그림자조차 붉다는 의미가 어떤 의미인지 알 것 같았다.
 단풍이 무척이나 붉고도 아름다운 곳이었으니까.
 "오메! 엄청 좋은 곳이네요."
 팔갑이 연신 감탄하고 내 호위무사들 역시 고개를 끄덕거릴 정도로 경치가 좋은 곳이다.
 "이런 곳에 와 보니 어떻습니까?"
 "좋습니다. 이렇게 데리고 와 주시다니 감사합니다."
 허운 공자도 무척 좋아했다.
 이곳에 온 이유는 경치도 있지만, 오늘 민 장주가 이곳으로 찾아올 것이기 때문이다.
 민 장주의 아들이 태양절맥증을 고칠 것은 확실하지만, 그래도 모르는 일이다.
 내 이전 삶에서 있었던 천향로주를 둘러싼 사건이 나에게 방심하지 말라는 교훈을 줬다.
 하여 진유 무사에게 사정을 간단히 설명한 뒤에, 민 장주 쪽의 동향을 파악해 달라고 부탁했다.
 그러니까 뭐 경치 구경도 할 겸, 겸사겸사다.

내가 여기에 어떻게 있는지 알고 찾아오냐고?

민장촌 자체가 민 장주의 구역이다. 자신의 구역에서 누가 뭘 하는지 모른다면, 지금의 위치를 유지하는 건 힘든 일이지.

그리고 내가 민 장주와 만나는 것을 아는 이들은 가능한 한 적어야 한다.

이곳은 외진 곳이라, 그러기에 딱 좋은 곳이다.

정자에 올라 단영 계곡의 경치를 구경하고 있자니, 누군가 다가오는 기척이 느껴졌다.

서우 무사와 진유 무사 역시 그 기척을 알아차린 듯, 나를 보고 있었다.

나는 팔갑에게 허운 공자를 데리고 밑으로 내려가게 했다.

얼마 지나지 않아 다가오는 세 사람.

며칠 전에 보았던 민 장주와 한 소년, 그리고 호위무사였다.

나는 빙긋 웃었다.

"또 뵙네요."

"그렇군."

나는 인사를 건네고는 민 장주에게 앉을 것을 권했다.

"차 한잔하시겠습니까?"

"그러지."

민 장주와 소년이 정자에 올라와 내 앞에 앉았고, 다시 돌아온 팔갑이 차를 내왔다.

"저희 상단에서 유통하고 있는 철관음입니다."

"과연, 향이 좋군."

나는 확신했다.

내가 상단이라고 했음에도 동요하지 않는다는 것은 이미 내가 누군지 알고 있다는 거다.

나는 민 장주를 만날 때 일부러 얼굴을 가리지 않았다. 그건 그에게 신뢰를 주기 위함이다.

나에 대해 조사했다면, 내 행적을 알게 될 테니까.

그리고 그 행적들이 나에 대한 신뢰도를 더 높여 줄 것이라 자신한다.

"우선, 소개하지. 내 옆의 아이가 내 둘째 아들인 민이준(閔珥俊)이라고 하네."

"민이준입니다."

총명해 보이는 소년이었고, 그는 나에게 공손하게 포권하며 인사했다.

"내 아들의 목숨을 구해 줘서 감사하네."

민 장주가 내게 포권했고, 민이준 역시 다시금 내게 예를 갖추었다.

"아들이 깨어나고 의원을 통해 확인했네. 절맥증이 완치되었다고 하더군."

"정말 다행입니다."

민 장주는 잠시 고민하더니 아들과 호위무사에게 주변을 산책하고 오라고 했다.

하긴 지금부터 할 이야기는 아들이 알아서 좋을 게 없겠지.

"대체 그 영약은 어디서 구한 것인가?"

예상했던 질문이기에 부드럽게 대답했다.

"장주님, 영약의 출처는 묻지 않는 것이 강호의 예법이라고 알고 있습니다."

"그렇군. 미안하네. 내 궁금한 마음에 실언을 했네."

나는 고개를 저으며 차분히 입을 열었다.

"그저 우연히 그것을 손에 넣을 수 있었고, 거래에 유용하게 쓰일 패로 내놓은 것뿐입니다."

"그렇군. 거래라…… 곡식을 원한다고 했지?"

"그렇습니다."

"그때 약속한 곡식을 앞으로 삼 년 동안 은해상단으로 보내 주면 되는가?"

"아닙니다."

나는 고개를 저었다.

"장주님께 드린 영약은 상단의 것이 아닌 제 개인의 것입니다. 그러면 그 이득 역시 제 개인이 얻어야 마땅하다고 생각합니다."

"그건, 그렇지."

"제가 나중에 따로 기별을 드리겠습니다. 그러면 그곳으로 곡식을 보내 주시면 됩니다."

"알겠네."

나는 품에서 계약서를 꺼냈고, 그걸 펼쳐 놓았다.

그걸 본 민 장주가 감탄을 내뱉었다.

"허! 철저하군."

"칭찬 감사합니다."

나는 오늘 일에 대해서는 그 누구에게도 말하지 말아 달라고 부탁했다.

오늘 만난 것은 그저 자신이 장주로 있는 구역에 처음 보는 외지인이 왔기에 잠시 인사차 온 것으로 해 달라고 했고, 민 장주는 흔쾌히 승낙했다.

나는 저 멀리 사라져 가는 민 장주와 그 아들의 뒷모습을 보며 생각에 잠겼다.

이번에 내가 살린 민 장주의 아들, 민이준이 앞으로의 일에 어떤 변수가 될지는 모른다.

하지만 내가 민 장주에게 얻어 낸 곡식들이 수많은 이들의 목숨을 구할 것은 확실하다.

앞으로 약 이 년 후, 전 중원에 극심한 흉년이 들게 된다.

황제가 열두 번이나 하늘에 제를 올렸지만, 많은 이들이 아사하는 것을 막을 수는 없었다.

곳간에 곡식을 쌓아 놓고 있던 이들 중 몇몇은 곡식 창고를 열었지만, 대부분의 이들은 창고를 절대 열지 않았다.

바로 집 앞에서 사람이 굶어 죽어 가든 말든 연회를 벌인 이들도 있었다.

결국 민심이 극도로 흉흉해졌고, 일부 지역에서 민란까지 발생했다.

당시 호북에서도 민란이 발생했지만, 우리 은해상단은 곡식을 푼 쪽이었기에 그 민란에서 무사할 수 있었다.

그리고 그런 상황에서 정호 형의 혼인을 성대하게 할

대별산 〈155〉

수가 없었기에 정말 간소하게 혼인을 치렀다.
 당시 정호 형의 나이가 나이인 만큼 더는 혼인을 미룰 수가 없었기 때문이다.
 그렇기에 그게 속상했던 나는 저번 정호 형의 혼인 연회를 화려하고 성대하게 준비하자고 한 것이다.
 지난 삶에서 우리 상단이 민란에서 무사했다고는 하지만, 그렇게 흉년이 들었는데 장사가 잘 될 리가 없다.
 물론 우리만이 아니라 중원 전체가 극도로 상황이 좋지 않았기에 피해가 크다고 할 수는 없었다.
 하지만 우리도 여력이 많지 않아서 많은 이들을 구제하지 못했던 것이 아쉬움으로 남아 있었다.
 그래서 이번에 이렇게 미리 곡식을 준비하는 것이다.
 민 장주의 인품이라면 그 역시 주변에 곡식을 베풀 터, 그 여력을 고려해서 사분의 일만 달라고 한 것이다.
 나는 팔갑에게 말했다.
 "이제 슬슬 돌아가자."
 "네, 알겠습니다요."

 다음 날 아침, 우리는 은해상단 본단으로 출발했다.
 이렇게 이번 낙양행을 통해 얻을 수 있는 건 전부 다 얻었다.
 기분이 정말 상쾌했다.

33장. 귀중품은 창고에 보관해야지

귀중품은 창고에 보관해야지

드디어 은해상단 본단에 도착했다.

내 도착을 알리는 서신을 미리 보냈기에, 정호 형이 나를 반기며 맞아 주었다.

"형!"

"고생 많았다."

"고생은 무슨, 그냥 놀다 왔어. 그런데 아버지는?"

"지금 집무실에 계셔. 밀린 일도 있고, 새로 시작하는 일도 있으니까. 누구 덕분에 말이지."

"하하하."

나는 멋쩍게 웃었다.

새로 시작하는 일이라는 건 주변에 듣는 사람들이 많기에 구체적으로 말하지는 못하지만, 춘일을 중심으로 한 정보대에 대한 일이 분명했다.

정호 형은 마차에서 내리는 허운 공자를 보며 물었다.
"저분은?"
"아, 앞으로 우리 상단에서 일하실 분이야."
"그렇구나."
정호 형은 담담하게 고개를 끄덕였다.

잠시 후,
나는 허운 공자를 접빈실로 안내해 달라고 팔갑에게 부탁한 후, 아버지가 계시는 집무실로 향했다.
"소자, 낙양에서의 일을 마치고 돌아왔습니다."
"그래, 고생했다."
아버지는 꽤나 피곤한 기색이셨다. 그 모습에 나도 모르게 가슴이 콕콕 찔렸다.
"낙양에서 좀 더 있다가 올 줄 알았는데, 생각보다 일찍 왔구나."
"늦게 오면 올수록 고생하는 건 미래의 저 아닐까요?"
"그건 그렇지."
곧바로 본론을 꺼냈다.
"정보대에 관한 일은 어떻게 되었습니까?"
"은월각의 회의에서 정보대에 대한 것을 결정했고, 우선 춘일은 대원으로 두기로 했다."
"그렇군요. 그러면 지금은 어디에 있습니까?"
"아마 과제 중일 거다."
"과제요?"

"그래, 세풍각주가 의견을 내서 다들 동의했다. 본격적으로 활동하기 전에 그의 도벽을 제어하기 위해 매일 과제를 내주자고."

아버지의 말에 감탄했다.

역시 적 각주님이다. 어떻게 그런 생각을 했을까?

"네가 그에게 승부를 걸었다는 말에서 착안한 방법이니 그리 감탄할 건 없다."

내가 멋쩍게 뺨을 긁적이자, 아버지는 부드럽게 웃으며 말했다.

"그래, 가서 쉬거라."

"아버지, 한 가지 더 드릴 말씀이 있습니다."

아버지가 의아한 얼굴이 되었고, 나는 조심스럽게 물었다.

"혹시 백천상단의 허원 최고 행수를 아시나요?"

"참으로 능력이 좋은 행수이지. 지금의 백천상단이 있게 한 주역이니까."

그에 대한 기억을 떠올리신 듯, 아버지는 안타깝다는 표정을 지으셨다.

"최근에 명을 달리했다고 들었다. 참으로 안타까운 일이지."

"맞습니다. 얼마 전에 돌아가셨다고 하더군요."

"사실, 전에 내가 그에게 은해상단으로 이직을 권했지만 거절당했었단다. 자신을 믿고 따르는 이들을 버리고 갈 수 없다고 말이지."

그게 내가 그분을 포섭하지 못한 이유다.

지난 삶에서, 아버지께 허원 최고 행수에 대해서 들었던 기억이 있기 때문이다.

그런 분이니까 돌아가신 후에도 숙소가 그대로 남아있던 것이다.

하지만 백천상단주에게 버려진 허운 공자는 그게 아니지.

"그런데, 허원 최고 행수에 대해서 왜 묻는 것이냐?"

"사실, 그분의 아들과 함께 왔습니다."

나는 아버지에게 자초지종을 설명했다.

"허!"

아버지의 얼굴에는 불쾌감이 떠올랐다.

"허원 최고 행수가 백천상단을 위해 얼마나 고생했는데! 그 아들을 그렇게 매정하게 쫓아내?"

"……."

"남궁강, 예전부터 영 마음에 드는 구석이 없기는 하지만 이건 해도 너무하는구나!"

아버지의 그 말에 나는 처음 알았다. 아버지도 남궁강 상단주를 싫어하신다는 것을.

"그래, 그 허운 공자라는 사람을 데려왔다는 것은 우리 상단에 받고 싶다는 것일 텐데, 무슨 일을 맡기고 싶으냐?"

"우선 몇 개월 정도는 상유각에서 일을 하게 하는 것이 좋을 듯합니다."

허운 공자에게 맡기고 싶은 일은 따로 있지만, 아직 다른 사람들은 그의 능력을 잘 모른다.

그래서 그가 능력을 인정받게 하기 위해서는 적당한 곳에 배치해야 한다.

내 직권으로 높은 자리에 앉히게 되면 뒷말이 나오고, 시기를 받을 수밖에 없을 터.

가뜩이나 겉모습으로 인해 안 좋은 말을 많이 듣는 그에게 너무나 괴로운 일이겠지.

하지만 그의 능력은 가히 군계일학이라 할 수 있으니, 금방 주변에서 인정받을 수 있을 거다.

그때 내 계획대로 써먹으면 된다.

"그래, 알겠다. 연 각주와 상의해야겠군."

아버지는 다시 물으셨다.

"지금 그는 어디에 있느냐?"

"접빈실에 있습니다."

아버지는 자리에서 일어나 나와 같이 접빈실로 향했다.

잠시 후 우리는 접빈실에 도착했고, 다과를 앞에 두고 팔갑과 앉아 있던 허운 공자를 보았다.

"제 아버지이자 은해상단의 상단주이십니다."

내 소개에 그는 놀라서 얼른 자리에서 일어나려고 했지만, 아버지는 손을 저었다.

"괜찮네. 그냥 앉아 있게나."

"송구합니다."

아버지는 그의 맞은편에 앉아 그를 위로했다.

"서호에게 자초지종을 들었네, 우선 고인의 명복을 비네."

"감사합니다."
"참으로 고생이 많았네."
"……."
아버지의 부드러운 말에 허운의 눈에는 순간 눈물이 고이는 듯했다.
고생이 많았다는 말을 백천상단주가 아닌 은해상단주인 아버지의 입으로 들었다는 것에 기분이 묘한 듯했다.
"그래, 우리 상단에서 일하고 싶다고?"
"네. 그렇습니다."
"백천상단에서는 무슨 일을 했었는가?"
"장부를 정리하는 일을 했었습니다."
"그렇군. 우리 상단에는 상품을 유통하고 판매하는 일을 담당하는 상유각이라는 곳이 있네. 그곳의 일을 맡길까 하는데 괜찮겠나?"
"물론입니다. 무슨 일이든 시켜만 주시면 열심히 하겠습니다."
아버지는 그와 이런저런 이야기를 한 식경쯤 나누다가 자리에서 일어나셨다.
상단주쯤 되는 분이 이 정도 시간을 내준 것은 대단한 성의다.
그걸 허운 공자도 알고 있는지 감격하여 말했다.
"저를 이리도 환영해 주시니, 몸 둘 바를 모르겠습니다."
아버지는 미소를 지으며 말씀하셨다.

"아닐세. 아버님과의 인연도 있었고, 서호가 추천할 정도면 그 능력은 믿어 의심치 않네. 앞으로도 잘 부탁하지."

허운 공자의 숙소는 손님들이 머무르는 객사에 임시로 마련되었다.
은해상단에서 일하게 되면, 근무복이 주어지긴 하지만 근무복만 입고 살 수는 없으니 옷도 몇 벌 선물해 줘야겠군.
나는 팔갑에게 그를 부탁한 후 내당으로 향했다.
조부님과 어머니께 다녀왔다고 인사하고 형수님을 만나 뵈어야 했기 때문이다.
옷을 갈아입은 나는 우선 조부님을 뵙고, 어머니의 처소로 향했다.
부웅-!
쌔애애액-!
뭔가가 공기를 가르는 소리가 들렸다. 그 소리에 내 뒤를 따르던 여응암 무사가 말했다.
"연검을 휘두르는 소리군요."
"연검…… 이요?"
"네."
여응암 무사가 고개를 끄덕였다.
"연검은 그 자체로 상당히 특이한 무기이기에 휘두를 때 이런 소리가 들리죠."
그 말에 나는 빙그레 웃었다.

연검을 휘두르는 소리가 들리는 이유는 한 가지뿐이었으니까.

나는 슬쩍 어머니의 처소 앞을 보았다.

경장을 입으신 어머니가 내가 선물해 준 허리띠 형태의 연검을 들고 수련하고 계셨다.

마치 검무라도 추는 듯 화려한 움직임이었는데, 어머니의 표정은 무척이나 즐거워 보이셨다.

그 모습을 보며 나는 내심 어머니께 연검을 선물해 드리기를 잘한 것 같다는 생각이 들었다.

그렇게 잠시 보고 있자, 어머니께서 수련을 끝낸 듯 연검을 거두셨다.

나는 얼른 인기척을 내며 다가갔다.

"어머니."

"어? 아! 서호 왔구나?"

"수련 중이셨네요."

"아아."

어머니는 고개를 끄덕이시며 말씀하셨다.

"네가 나에게 이 연검을 준 이유가 내 안전을 생각해서였을 텐데, 정작 이걸 휘둘러야 할 때 제대로 휘두르지 못하면 무슨 소용인가 싶어서 말이지."

"그러시군요. 수련하시는 모습이 즐거워 보이셔서 더 기쁘네요."

"호호, 그렇게 보였다면 다행이구나. 일은 잘 보고 왔니?"

"네. 어머니, 소자 잘 다녀왔습니다."

어머니는 고개를 끄덕이고는 연검을 보이며 말했다.

"그런데 네가 선물해 준 이 연검 말이지. 어쩐지 이걸 휘두를 때면 내가 베고자 하는 것은 반드시 벨 수 있을 것 같다는 생각이 드는구나."

당연히 그럴 수밖에 없다.

그런 공능이 있는 기물이니까.

"혹시, 비싼 물건이니?"

그 물음에 나는 웃으며 말했다.

"비싼 것도 그 사람에 따라 다르지 않을까요?"

"그렇긴 하지."

"그리고 어머니와 그 연검이 무척 잘 어울립니다."

내 말에 어머니의 뺨이 살짝 붉어지셨다.

"어쩜 너는 네 아비랑 똑같은 말을 하니?"

아…….

아버지가 선수 치셨구나.

그렇게 어머니와 이런저런 이야기를 나누고는 이어서 형수님을 찾아갔다.

"낙양에 잘 다녀왔습니다."

"무사히 잘 다녀오셔서 다행이에요."

"아이는 잘 있습니까?"

내 물음에 형수님은 배를 만지시며 말씀하셨다.

"이제 슬슬 산달이 다가와서 그런가, 우리 돼지가 답답

한가 봅니다."

태몽으로 돼지꿈을 꾸어서 태명이 돼지다.

지금 형수님이 회임한 지 거의 팔 개월이 되어 가고 있으니, 정말 산달이 얼마 남지 않았긴 하다.

"그러고 보니, 제가 형수님께 축하 선물을 드리지 못했다는 것이 떠올랐습니다. 하여 이번에 낙양에 갔을 때 형수님께 드릴 선물을 사 왔습니다."

나는 주머니에서 꺼내 미리 옷소매에 넣어 놨던 머리꽂이가 든 주머니를 꺼냈다.

그런데 금령이가 주머니를 물고 대롱대롱 매달려 있었다.

이 머리꽂이가 귀금속이지만, 이거 먹는 거 아니라고.

"놔라. 금령아."

"꾸이······."

내 엄한 말투에 결국 금령은 입에 물었던 주머니를 놓을 수밖에 없었다.

"험험."

한쪽 귀퉁이에 살짝 침이 묻어 있었다.

"죄송합니다. 금령이에게 맛있어 보였나 봅니다."

"그럴 수도 있죠. 호호호."

나는 멋쩍게 웃으며 주머니를 다탁 앞에 올려놓았다.

"마음에 드셨으면 좋겠습니다."

형수님은 주머니를 풀어 그 안의 머리꽂이를 꺼내고는 감탄하셨다.

"어머나! 이건 비취인가요?"

"네. 비취로 장식한 겁니다."

내가 백천상단에 속한 상점에서 사 온 두 개의 기물 중 하나다.

기물은 각 기물마다 시전자에게 주는 영향이 다르다.

그게 좋은 쪽일 수도 있고, 나쁜 쪽일 수도 있다.

내가 형수님께 이 머리꽂이를 주기로 한 이유는 그 자체의 기운이 심신을 편안하게 하기 때문이다.

자고로 산모의 심신이 편안해야 아기도 건강한 법.

물론, 그것뿐만이 아니다.

머리꽂이의 꽂이 부분이 만년한철이니까.

물론 특수하게 처리하여 그 특유의 기운을 막아 놓긴 했다.

이걸 만든 장인이 괜히 하늘의 장인이라 불린 것이 아니다.

형수님께서는 무가의 여식이기에 만년한철이 뭔지 알고 계실 터.

만년한철은 만 년 묵은 한철이다.

그 자체로 무척 단단한 철이 만 년이나 묵으면서 그 성질이 살짝 변했다.

단단하면서도 유연하게.

하여 웬만한 검기에도 베어지지 않았고, 강기와 맞대고도 버틸 수 있을 정도다.

당연히 어마어마하게 비싸다.

하지만 이 머리꽂이가 단순히 만년한철로 만들었다는 것 때문에 기물인 건 아니다.

바로, 내공이 없는 사람도 검기를 쓸 수 있게 해 주기 때문이다.

즉, 내공을 쓸 수 없는 위급한 상황에서 유용하게 쓸 수 있다는 뜻이다.

하지만 나는 이런 것들을 형수님께 자세히 설명하지 않았다.

형수님이 놀라시면 태중의 아이에게 좋지 않으니까 나중에 설명할 생각이다.

그래서 그냥 간단하게만 설명했다.

"이건, 긴급한 상황에서 검으로 쓸 수 있게 만든 것이라고 합니다."

"그렇군요. 비상시에 아주 유용하겠어요."

뛰어난 무인이기도 한 형수님은 한층 더 만족스러운 얼굴이 되었다.

그렇게 형수님과의 만남을 끝내고 집무실로 향했다.

내가 자리를 비운 사이, 현풍국의 일이 상당히 많이 밀려 있을 테니까.

"모두 잘들 계셨습니까?"

내가 인사를 건네자, 직원들이 얼른 자리에서 일어나 나를 맞아 주었다.

"국주님 오셨습니까?"

국주님이라는 말, 진짜 오랜만에 들어 보네.
"네."
나는 직원들을 둘러보았다.
내가 낙양으로 떠나기 전보다 뭔가 혈색이 좋아진 듯한데?

.

.

.

다음 날 아침.
나는 침상에서 일어났다.
간밤에 늦게 자든 일찍 자든 내 기상시간은 언제나 같았다.
아침에 무공을 수련해야 했으니까.
마당으로 나와 운기조식을 하고 자리에서 일어나자, 사부님께서 들어오셨다.
오랜만에 뵙는 사부님이다.
그리고 사부님의 수련은, 오늘도 참 힘들었다.

"그럼 내일부터 진설십이식검법의 아홉 번째 초식을 배우도록 하겠습니다."
드디어 제구식, 설광(雪光)을 배우겠네.
설광은 눈의 반짝임에서 착안한 무공으로 네 번째 초식인 설풍과 다섯 번째 초식인 설화의 심화라고 할 수 있다.

"그나저나 요즘 국주님을 보면 궁의 무공이 거의 소실되었음이 안타깝습니다."

궁이라는 건 설풍궁을 의미했다.

"이미 짐작하고 계실지 모르겠지만, 궁이 멸문할 때 모든 것이 불타 버렸으니까요."

"그럼 진설십이식검법은……?"

"그건 제가 대성한 무공입니다. 사실, 제가 다른 검법을 하나 익히고 있었는데 익히던 도중에…… 아무튼, 제가 제대로 익히지 못한 무공을 전수할 수는 없으니까요."

사부님은 정말 안타깝다는 듯 말씀하셨다.

"가장 아쉬운 건 태음의 시작을 여신 조사께서 남기신 심득입니다."

어라? 그러고 보니 이번에 낙양에서 얻은 비급의 첫 구절이 '태음의 시작'이었지 않나?

나는 조심스레 사부님을 불렀다.

"저, 사부님. 드릴 말씀이 있습니다."

"무엇입니까?"

"사실 제가 이번에 낙양에 갔을 때 헌 서책방에 들른 적이 있습니다. 그곳에서 서책 한 권을 손에 넣을 수 있었습니다. 서책방 주인은 비급이라고 하셨지만요."

나는 주머니에서 그 비급을 꺼내어 내밀었다.

"이것입니다."

사부님은 담담한 표정으로 내게서 서책을 받아 책장을 넘기셨다.

"……!"

처음에는 놀라움으로 얼굴이 굳으시더니, 이내 손까지 떨기 시작하셨다.

사부님의 그런 모습은 처음이었기에 나 역시도 적잖게 놀랐다.

"왜 그러십니까?"

"이걸…… 어디서 찾으셨다고 하셨습니까?"

"낙양의 서책거리에 있는 작은 서책방입니다. 헌 서책을 파는 곳인데……."

나는 말을 이었다.

"사실 알 수 없는 끌림이 느껴져서 그 서책을 사게 되었습니다. 그 서책방에 들어갔는데 다른 서책들은 눈에 들어오지도 않고, 오직 그 서책만이 눈에 들어왔습니다."

"……."

"안 그래도 태음에 관한 내용인 듯해 보여 드린 겁니다. 그 내용을 아시겠습니까?"

사부님은 한숨을 내쉬고는 잠시 뜸을 들이다가 말씀하셨다.

"모를 리가 없죠. 방금 말씀드린 설풍궁의 조사님께서 남기신 심득이 적힌 비급입니다."

"네?"

놀란 나는 사부님께 되물었다.

"설풍궁의 모든 비급이 타 버렸다고 하지 않으셨나요?"

"네. 그렇습니다. 이게 남아 있을 거라고는 생각도 하지 못했습니다."
사부님은 비급을 다시 덮으며 떨리는 목소리로 말했다.
"이건, 제가 가져가서 봐도 되겠습니까?"
"네, 그렇게 하세요."
내 허락에 사부님은 그걸 소중하게 품에 넣었다.
"저, 사실 사부님께 한 가지 더 의논드리고 싶은 것이 있습니다."
"말씀하십시오."
나는 주머니에서 비급 하나를 더 꺼내어 내밀었다.
"그 서책방의 주인이 팔갑에게 추천해 준 비급입니다."
사부님은 그 서책을 받아 읽어 보시다가, 어처구니없다는 표정으로 내게 물으셨다.
"그 서책방의 주인, 대체 정체가 무엇입니까?"
"저도 잘 모르겠습니다만, 한때 어마어마하셨던 분이 틀림없다고 생각합니다. 너무 밀어붙이면 도망가실 것 같아서 적당히 빠졌습니다."
"······잘 하셨습니다."
사부님은 고개를 끄덕이셨다.
"전에 진유 무사가 그러더군요. 팔갑 소이에게 살왕의 재능이 있다고 말입니다."
역시, 진유 무사는 그걸 알아차렸구나.
사부님은 잠시 고민하다가 입을 여셨다.
"제가 볼 때, 국주님은 팔갑 소이가 이걸 익히느냐 마느냐가 아닌 다른 것을 걱정하시는 것 같습니다."

"맞습니다. 사실, 이걸 익히면 팔갑이 제가 아는 팔갑이 아니게 될 것 같다는 생각이 들었습니다."

"쓸데없는 걱정이시군요."

"네?"

사부님의 대답에 나는 반문했고, 사부님은 그 비급을 나에게 돌려주시며 말씀하셨다.

"사람의 본질은, 어떤 무공을 익히든 바뀌지 않는 것입니다. 그리고 팔갑 소이의 본질은 국주님이 익히 아시는 바와 같습니다."

"어……."

"그 무공을 익힌다면, 팔갑 소이는 주군을 더 잘 모실 수 있다면서 좋아할 겁니다. 주군에 대한 충심, 그게 제가 본 팔갑 소이의 본질입니다."

사부님의 말에 나는 망치로 머리를 맞은 듯했다.

나도 참…… 뭘 그리 걱정했던 걸까?

팔갑은 그냥 팔갑일 뿐이고, 앞으로도 그럴 텐데 말이지.

"그걸 가르치실 생각이라면, 진유 무사에게 부탁하시면 될 겁니다."

"알겠습니다."

* * *

은서호의 별당인 문곡당에서 나온 곽명현은 뒤를 힐끔 돌아보았다.

그리고 비급이 갈무리되어 있는 가슴을 손으로 꾸욱 눌렀다.
설풍궁이 멸문했을 때, 그는 뭐 하나라도 찾기 위해 갖은 애를 썼었다.
하지만 말 그대로 모든 것이 철저하게 불타고 파괴된 탓에, 아무것도 건지지 못했다.
그래서 궁의 무공을 찾는 것은 체념하고 오직 진설십이식검법만을 수련하며 살아왔다.
물론 그 역시 대단한 무공이었기에 지금의 경지에 오를 수 있었지만, 다른 실전된 무공들이 아쉬운 것은 어쩔 수 없었다.
무엇보다도 설풍궁의 조사가 남긴 심득은 정말 많이 아쉬웠다.
하지만 그것 역시 타 버렸음이 분명했기에 포기하고 살던 중이었다.
그러니 그가 은서호가 내민 비급을 보고 얼마나 많이 놀랐겠는가.
'강력한 끌림을 느꼈다고 했던가?'
사실, 이 심득은 설풍궁의 궁주와 소궁주에게만 허락되는 비급이다.
그가 이 비급을 알아볼 수 있었던 건 그가 이걸 읽어 봤기 때문이다.
그는 설풍궁의 소궁주였으니까.
하지만 소궁주에게는 전반부의 내용만이 허락되었기에

후반부의 내용은 보지 못했다.

그래서 무척이나 안타까워하던 차에 온전한 이 비급이 나타난 거다.

'그나저나 이 비급이 국주님을 불렀다는 것은······.'

그는 은서호가 지니고 있는 은무검과, 항상 곁에 머물고 있는 한호수인 금령을 떠올렸다.

두 가지 모두가 설풍궁주의 신물이나 다름없는 것들이다.

'이것까지 세 개인가?'

그래도 아직은 자신의 제자에게 그 무거운 짐을 지게 하고 싶지는 않았다.

'우선, 그 책방의 노인에 대해서 조사를 좀 해 봐야겠군. 그리고 이것이 어떻게 그 책방으로 흘러 들어갔는지도.'

* * *

민장촌.

은서호 일행이 떠난 지 열흘 정도가 흘렀다.

민익 장주는 자신의 둘째 아들 민이준을 바라보았다.

언제 아팠느냐는 듯, 혈색이 좋은 얼굴이다.

"그래, 내게 할 말이 있다고?"

"네."

오늘 이렇게 그가 아들과 마주한 것은 아들이 할 말이

있다고 찾아왔기 때문이다.
"그래, 할 이야기가 무엇이냐?"
"아버지. 소자, 무공을 배우고 싶습니다."
"무공을?"
"그러하옵니다."
 솔직히 둘째 아들인 민이준이 무공을 배운다는 건 기꺼운 일이다.
 대지주라는 건, 그만큼 지켜야 할 것이 많다는 의미.
 그리고 이를 위해서는 무력도 어느 정도 필요하고, 누군가의 위세를 빌려야 할 때도 제법 있었다.
 이를 위해서는 유력한 문파의 속가제자가 되는 것이 가장 보편적인 방법이다.
 민익 장주의 동생이 어느 문파의 속가제자로 있는 것처럼 말이다.
 하지만 걸리는 점이 두 가지 있었다.
 하나는 민이준이 어떻게 절맥증을 극복했는지 주변의 관심이 쏠려 있다는 점.
 그리고 다른 하나는 무공을 배우겠다는 이유.
"이준아."
"네, 아버지."
"왜 무공을 배우겠다고 하는 것이냐?"
"자고로 사내는 자신을 알아주는 사람을 위해 목숨을 바친다고 했습니다. 알아주는 사람을 위해서도 바치는 목숨인데 저를 살려 준 사람을 위해서 뭔들 못하겠습니까? 저는 저를 살려 준 그분께 도움이 되고 싶습니다만, 소자의 능력이 부족합니다."

"그래서 무공을 배우고 싶다는 것이냐?"

"네. 그렇습니다."

사실 은서호가 천향로주를 공짜로 준 것은 아니다. 민장주의 손에 들어오는 소출의 사분지 일을 삼 년 동안 주기로 했으니까.

천향로주는 틀림없는 무가지보이다.

이를 잘 활용한다면 자신이 주기로 한 것보다 더 가치 있는 것을 얻을 수 있었을 터.

하지만 은서호는 그를 포기하고 흔쾌히 자신의 아들을 살려 주었다.

'단 한 병뿐인 천향로주를 내 아들을 위해 사용했으니 말이지.'

은서호가 곡식을 요구한 것은 자신에게 부담이 덜 되는 것이라 그리한 것이 아닐까 추측했다. 그리고 그 양이나 기간도 적당했고.

그는 자신의 둘째 아들을 보았다.

반드시 뜻을 이루고야 말겠다는 굳은 의지로 반짝이고 있었다.

절맥증이 나은 연유에 대해서는 어떻게든 둘러대면 될 터.

그는 민이준에게 물었다.

"좋다. 어느 문파를 원하느냐?"

"저는, 화산파로 가고 싶습니다."

* * *

어느덧 십일월이 되며 생일이 코앞으로 다가왔다.
그 말은 즉, 내 나이가 열아홉이 된다는 의미다.
그러나 나는 그런 것에 신경을 쓸 정신이 없었다. 낙양에 다녀오느라 밀린 일이 좀 많아야지.
나는 서탁 앞에서 일어났다.
잠시 걸으면서 생각을 정리해야 할 것 같았기 때문이다.
그리고 사무실의 이들도 상관인 내가 없는 시간이 있어야 좀 숨통이 트일 테고.
"잠시 나갔다 오겠습니다."
"네, 다녀오십시오."
여창의 부관이 얼른 대답했고, 나는 속으로 피식 웃었다.
문을 열고 나가자 문 앞에 서 있던 서우 무사가 고개를 숙였다.
지금은 서우 무사가 당번이구나.
"잠시 산책 좀 하고 오려고요."
"따르겠습니다."
나는 천천히 상단 내를 걸었고, 서우 무사가 말했다.
"요즘 팔갑 소이가 상당히 수련에 열심입니다."
"그렇더라고요."

사부님께 비급을 보여 드린 날 저녁, 팔갑을 불러 의견을 물었다.

"당연히 배워야 한다고 봅니다요. 제가 도련님을 더 잘 모실 수 있는데 말입니다요."

사부님의 말대로였다.
나는 진유 무사에게 팔갑의 지도를 부탁했고, 요즘 내가 일을 하는 동안 팔갑은 열심히 수련 중이다.
그리고 금령도 팔갑의 수련을 돕고 있었다. 내가 볼 때 팔갑을 놀리는 것 같지만 말이지.

갑자기 느껴지는 익숙한 기운.
어?
나는 고개를 들어 나무 위를 바라보았고, 곧 반가운 얼굴을 발견했다.
춘일이다.
"어? 여기서 뭐 하는 겁니까?"
"윽! 조용히 하십시오!"
"네?"
"지금 제 목표물이 저기 오고 있습니다."
그 말에 나는 고개를 갸웃하며 앞을 보았다. 저 앞에서 연다미 각주가 다가오고 있었다.
"연 각주님이요?"

"연 각주님의 부관의 허리에 달린 은자를 훔치는 것이 오늘의 과제입니다."
"그렇군요. 힘내세요."
그런데 왠지 연 각주의 표정이 별로 좋지 않았다.
"아! 소단주님."
"무슨 일 있으십니까?"
"사실, 상유각에 문제가 생겨서 말입니다."
그 말에 나는 속으로 미소를 지었다.
안 그래도 이 사건을 기억하고 있어서 준비해 두었으니까.
막을 수는 없지만, 그를 수습할 수는 있도록 말이다.
언제인지 자세한 날짜까지는 몰랐지만, 이맘때쯤인 건 알고 있었다.
그게 오늘이었구나.
이 재밌는 구경을 놓칠 순 없지.
"저도 가 봐도 됩니까?"
"그렇게 하세요."
나는 나무 위의 춘일을 일별하고는 그녀를 따라 상유각으로 향했다.

"죄송합니다! 정말 죄송합니다!"
"아니, 정신을 어디에다가 두고 다니는 거야!"

상유각에는 심각한 분위기가 흐르고 있었다.
질책하는 고성과 연신 사죄하는 소리가 들렸다.

그때 연 각주가 상유각에 들어서자, 그녀를 발견한 이들이 얼른 고개를 숙였다.
"각주님을 뵙습니다!"
"이게 무슨 말이죠? 장부를 잃어버리다니!"
"그, 그게 말입니다."
한 각원이 고개를 푹 숙였다.
"죄송합니다!"
"지금은 사과가 아니라 수습이 먼저입니다. 자세한 사정을 보고하세요."
"그게……."
그는 당황을 가라앉히고 자초지종을 설명했다.
그러니까 그 각원이 처리해야 할 일이 밀렸는데, 상행을 하러 가야 할 당번이 된 상황이었다.
그래서 처리해야 할 서류를 가지고 상행을 갔다 왔는데 참고로 했던 장부를 챙기는 것을 깜박한 거다.
나중에 부랴부랴 그 장부를 챙기기 위해서 차장으로 갔지만, 이미 차장에서는 상품을 정리하고 남은 쓰레기를 소각해 버린 후였다.
문제는 그 안에 그 장부도 들어가 있던 것.
지난 삶에서 이 사건 이후로 상단에서는 일거리를 들고 상행을 가더라도, 원본 장부를 가지고 가는 건 절대 금지되었다.
왜냐하면, 이때 잃어버린 장부가…….
"그 서류가 무슨 서류라고 했죠?"

"그게, 강소성에서 거래하는 비단에 대한 이번 연도 장부…… 입니다."

"……."

상단의 주 거래 품목 중 하나인 비단에 대한 장부였기 때문이다.

눈이 오기 시작하면 강소성에 가기 힘드니만큼, 그 장부를 다른 이들이 쓸 일이 없기에 가지고 갔던 거다.

이번 상행 장소가 가까운 곳이기도 했고.

그런 폐단을 알면서도 놔둔 건, 아무리 금지해도 몰래 가지고 가는 건 막을 수 없었기 때문이다.

이렇게 화끈하게 충격을 줘서 장부를 가지고 갈 생각은 꿈도 꾸지 못하게 한 것.

그리고, 이때 활약해야 할 자도 있고.

연 각주의 이마에 핏줄이 돋아났다. 지금 연 각주는 머리끝까지 화가 난 상황.

이거 잘못하면 폭발할 것 같은데?

하지만 연 각주는 용케도 참을성을 발휘했다.

그때 무급의 각원이 말했다.

"각주님, 내일 강소성에서 비단을 가지고 온다는 전갈이 왔습니다."

그 말은 즉, 장부가 없으면 일이 진행되지 않는다는 의미다.

연 각주는 빠르게 상황을 판단하고 지시를 내렸다.

"다른 장부들이라든지 일지 같은 거 다 뒤지고, 세풍각이라든지 재경각 같은 곳에 서류를 요청해서 장부를 다시 만드세요. 그게 급선무이니만큼 모두 이 일에 집중해 주세요."
그때였다.
지팡이를 짚고 절뚝거리며 다가오는 한 남자가 있었다. 상유각에서 근무 중인 허운 공자, 아니 허운 각원이다.
"저, 제가 이 일을 해결할 수 있을 것 같습니다."
"그게 무슨 말이죠? 해결할 수 있다니요?"
"강소성 비단 거래 장부 말씀하시는 거죠? 이번 연도요."
"네."
"그거 제가 본 장부입니다."
연 각주는 무슨 말인지 의미를 몰라 고개를 갸웃했고, 허운 각원이 말을 이었다.
"저는, 한 번 본 건 전부 기억합니다."

.

.

.

허운 공자, 아니 허운 각원이 연 각주의 허락을 받아 상유각에 정식으로 배치되었을 때 그와 가벼운 대화를 한 적이 있었다.

"공자께서는 본인이 가장 자신 있는 것, 혹은 재능이 있다고 생각하시는 것이 무엇입니까?"
"음…… 하나만 꼽으라면 암기하는 것입니다."

"암기요?"

"네. 저는 한 번 본 건 전부 기억합니다. 믿기 어려우시겠지만요."

"아닙니다. 믿습니다. 거짓말을 하실 분이 아님을 아니까요. 참 대단한 재능입니다."

"부끄럽습니다."

"음, 솔직히 말씀드리겠습니다. 공자께서는 아무래도 다리 한쪽이 없으시다 보니 일을 하는 데 있어 애로사항이 있을 겁니다."

"그렇겠죠."

"하지만 본인의 능력을 인정받으신다면 다들 그 정도는 신경 쓰지 않게 되겠지요. 오히려 공자를 더 찾게 될 수도 있겠고요."

"……."

"저는 공자가 그리되실 수 있을 거라 믿습니다. 암기하는 게 특기라 하셨으니, 상유각에 가시게 되면 틈틈이 그곳의 장부를 읽어 보고 기억해 두십시오."

"알겠습니다."

"특히 저희 상단이 주로 거래하는 물품들의 올해 장부들을 먼저 살펴보시면 좋을 겁니다. 예를 들면 비단 같은 것 말입니다. 아무래도 그 기록들이 쓸 데도 많고, 도움도 많이 될 테니까요."

나는 허운 각원과의 대화를 떠올리며 피식 웃었다.

내 조언대로 그가 비단에 관련된 장부를 보고 기억하고 있던 것이다.

한편, 연 각주는 아직 이해가 되지 않는다는 표정으로 되물었다.

"그걸 기억하고 있다니요? 제가 알기로 그거 총 이백……."

"약 이백구십 장 정도로 알고 있습니다."

무급 각원의 말에 연 각주가 말을 이었다.

"그래, 이백구십 장이요. 그런데 그걸 전부 기억하고 있다고요?"

주변의 수군거림은 멈추지 않았다.

아마도 허운 각원의 말이 허세처럼 들렸기 때문일 터.

이제 내가 나서야 할 상황.

"연 각주님, 어차피 밑져야 본전 아닙니까? 한번 시험이라도 해 보시지요."

"알겠습니다. 어차피 기록을 복원해야 하니, 그에게 시켜 보는 것도 방법이겠군요."

허운 각원은 마련된 자리에 앉아 잠시 눈을 감고 심호흡을 했다.

그렇게 스물 정도를 세었을 때,

눈을 뜬 허운 각원은 붓을 들었고 종이에 자신이 기억하고 있는 내용을 적어 내려가기 시작했다.

슥슥슥슥,

슥슥슥,

슥슥슥슥.

그 내용을 보며 사람들의 눈이 커지기 시작했다. 특히 비단의 거래를 담당하는 행수들과 각원들은 뒤로 넘어갈 것 같은 표정이었다.

"지, 진짜…… 진짜 전부 기억하고 있어!"

"세상에나!"

그걸 보며 나는 회심의 미소를 지었다.

이게 허운 각원을 상유각으로 보낸 가장 큰 이유였다.

그가 한 번에 다른 사람들에게 눈도장을 찍고, 인정받을 수 있는 방법.

물론 상유각의 각원들이 고생하는 것을 보고 싶지 않은 것도 있었고.

심지어 그렇게 고생을 하고도 온전히 장부를 복원하지도 못했다.

이걸 보고 마당 쓸고 돈 줍는다고 하던가?

허운 각원은 신설될 정보대의 핵심이다.

그가 정보대에서 자리를 잡으려면 내 일방적인 추천보다는 여러 사람들의 추천과 인정이 뒷받침되는 게 좋으니까.

그렇게 허운 각원은 거침없이 장부의 내용을 써 내려갔고, 다른 각원들은 누구의 지시가 없었어도 얼른 먹물과 종이를 보충해 주었다.

거의 한 시진이 지나서야 허운 각원은 붓을 내려놓았다. 어느새 옆에는 종이가 수북하게 쌓여 있었다.

"다 되었습니다. 제가 기억하는 부분까지 적었습니다."

옆에서 그걸 확인하던 행수들과 각원들이 감탄했다. 특히 이번 실수를 저지른 각원은 감격하여 외쳤다.
"제가 봤던 장부의 내용과 똑같습니다!"
하지만 연 각주는 순순히 넘어가지 않고, 재차 확인을 지시했다.
"우선 고생했습니다. 하지만 확인을 할 필요가 있어요. 아까 제가 말한 대로 다른 각에 협조를 요청해서 자료를 모으세요."
"알겠습니다."
"그리고 허 각원이 적은 내용과 같은지, 확인해 보도록 하세요."

나는 다시 내 집무실로 돌아왔다.
자리를 오래 비울 수 없었기 때문이다.
연 각주가 추가 확인을 지시했으니 확인이 되려면 시간이 걸릴 테니까.
상유각의 각주라면 당연한 행동이기에 나는 조용히 넘어갔다.
어차피 허운 각원의 능력은 확실하니까, 이번 일이 끝나면 연 각주도 그의 기억력을 신뢰하게 될 터.
나는 마음 편히 일 처리에 집중했다.

.
.
.

그날 저녁.

나는 허운 각원을 찾아갔지만, 그는 아직 귀가하지 않았다.

"야근이라도 하나?"

그때 저 멀리서 한 무리의 이들이 다가오는 소리가 들렸다.

"정말 대단해. 그걸 토씨 하나 틀리지 않고 다 외우다니 말이야."

"부끄럽군."

"야, 그래도 네 덕분에 이 자식이 살아 있는 거라고. 아무리 용을 써도 이전이랑 똑같은 장부를 어떻게 만들 수 있겠어? 분명 일이 마무리된 후 연 각주님께 반은 죽었을걸?"

"으! 생각만 해도 끔찍하다고!"

그 대화가 들리는 와중에 섞여 있는 소리가 있었다.

달그락, 달그락.

수레를 끄는 소리이다.

이내 두 사람과 수레 하나가 보였다.

그리고 그 수레에는 낯익은 사람이 타고 있었다.

허운 각원이다.

아무래도 오늘 일로 허운 각원이 확실한 인상을 남긴 듯했다.

서로 평대를 하는 것을 보니 그에게 친우가 생긴 게 틀림없었다.

나는 빙그레 웃으며 팔갑에게 말했다.
"우린 잠시 뒤에 오자."
"알겠습니다요."

그렇게 조용히 객사에서 멀어졌고, 두 각원이 허운 각원을 수레에서 내려 준 후, 객사에 들어가는 것을 도와주는 모습을 보았다.

허운 각원은 어색한 표정을 지었지만, 결코 싫은 표정은 아니었다.

그들이 돌아가는 것을 확인하고는 다시 객사로 향했다.

"허운 각원님 계십니까?"
"들어오십시오."

나는 문을 열고 안으로 들어갔다. 허운 각원은 다탁 앞에 앉아 있었다.

"아! 소단주님!"
"괜찮으니 편히 앉아 계십시오."

나는 그 앞에 앉으며 말했다.

"오늘의 활약, 멋졌습니다."
"소단주님의 조언 덕분이었습니다."
"덕분에 상유각의 각원들이 고생을 덜게 되었습니다. 소단주로서, 감사를 표합니다."

나는 포권하며 살짝 고개를 숙였고, 이에 허운 각원은 몸 둘 바를 몰라 했다.

"뭔가…… 기분이 묘하면서도 나쁘지 않더군요."
"그렇습니까?"
"네. 사실 이렇게 제 기억력으로 다른 이들에게 인정을 받는 것이 처음이거든요."
그는 귀밑을 긁적이며 말을 이었다.
"이런 제가 도움이 된다니 기쁘네요."
그때 문득 의문이 들었다.
백천상단에서 그래도 좀 일을 했을 텐데, 이런 괴물 같은 기억력으로 인정받을 일이 없었나 싶어서 말이다.
"혹시, 그 기억력에 대해 백천상단의 다른 이들은 모르는 겁니까?"
"말하지 않았습니다."
"네?"
"아버지께서…… 함부로 밝히지 말라고 하셨습니다. 남들의 질시를 받을 수 있다면서, 때가 되면 이를 밝히라고 하셨습니다."
"때라고 하시면?"
"그건 스스로 깨닫게 될 거라 하셨습니다. 그리고 이번에 장부 분실 사건이 벌어지면서 깨달았습니다. 전에 소단주님께서 제 재능을 물어보셨던 기억이 떠올랐고, 지금이 아버지가 말씀하셨던 그때라는 게 느껴졌습니다."
"그 전에 저에게 말씀해 주셨잖습니까?"
"그건……."
허운 각원이 웃으며 대답했다.

"아무리 아버지를 꿈에서 뵈었다고 해도 이런 저를 믿고 고용해 주신 분이니 그 신뢰에 보답하고 싶었습니다."

"……."

아무튼, 허운 각원의 아버지 허원 최고 행수는 알고 있었던 거다.

자신의 아들이 백천상단에서 쫓겨날 것을.

또한, 아들의 재능이 백천상단을 위해 쓰이는 것을 용납하지 못했던 거다.

"그런데, 아까 장부를 전부 암기해서 다시 쓰시는 모습을 보며 궁금한 게 생겼습니다."

"무엇입니까?"

"그 기억력의 한계가 어떻게 되십니까?"

"그것이……."

그는 곤란한 표정을 지었다.

"사실, 저도 잘 모릅니다. 아직 한계를 느껴 본 적이 없어서."

"네?"

"백천상단에서 일할 때, 서고의 장부를 다 살펴볼 수밖에 없었는데 그것들이 아직도 전부 기억이 나는 것을 보면 말입니다."

"대단하십니다!"

잠깐,

뭔가…… 이상한 이야기를 들은 거 같은데?

내가 잘못 들었나?

"백천상단의 서고의 모든 장부의 내용을 다 기억하고 있다는 말입니까?"
"네."
"……."
 나는 허원 최고 행수가 자신의 아들의 재능이 백천상단을 위해 쓰이는 것이 싫어서 비밀로 하라고 했다고 생각했다.
 그런데, 그게 아니었다.
 장부를 정리하다 보면 필연적으로 그 내용을 보게 된다. 그걸 전부 외울 수 있다는 것을 백천상단의 다른 이들이 알게 되고 그게 남궁강 상단주의 귀에 들어간다면?
 남궁강 상단주는 틀림없이 둘 중 하나를 택할 거다.
 백천상단에 강제로 잡아 두거나.
 아니면, 죽이거나.
 하지만 그의 성향상 죽일 확률이 더 컸다.
 그러니까 허원 최고 행수는 아들의 목숨을 구하기 위해 비밀로 하라고 한 것이다.
 오랫동안 남궁강 상단주를 옆에서 보필해 왔기에, 그의 성향을 잘 알고 있을 테니까.
"왜 그러십니까?"
 내가 잠시 가만히 굳어 있자 허운 각원이 고개를 갸웃했다.
"아, 아닙니다. 그런데 저녁은 드셨습니까?"
"네. 아까 동료 각원들과 함께 먹었습니다."

나는 허운 각원에게 쉬라고 말한 후, 그의 객사에서 나왔다.
바보 같은 남궁강 상단주.
그가 버린 것은 그냥 보물이 아니었다. 가치를 따질 수 없을 정도의 보물이었다.
상단이 다른 상단들에게 가장 보이고 싶어 하지 않는 것이 바로 장부이니 말이다.
자고로 군자는 다른 사람의 불행을 보고 웃지 않는다고 했다.
그런데 나는 군자가 아닌가 보다.
계속 웃음이 나는 것을 보면 말이다.
"도련님, 허파에 바람이라도 들으셨습니까?"
팔갑이 이렇게 말할 정도로.
"아직 시간이 그리 늦은 건 아닌 것 같으니까. 공밀에게 가자."
아까 동료 각원들이 허운 각원을 수레에 태워 오는 것을 보고 착안한 게 있었다.
의자에 바퀴를 달면 어떨까.

* * *

다음 날 오전의 은월각 회의.
회의에서는 어제 상유각에서의 장부 분실 건에 대해 논의가 이루어졌다.

시급을 요하는 일이 아니라면, 이렇게 정기회의 때 의제로 다뤄지는 것이 보통이니까.

내 예상대로 아버지께서는 큰 관심을 보이셨다.

"그게 사실인가?"

"네."

"허! 이거 예상치 못한 재주를 가진 인재군."

그리고 슬쩍 나를 보셨다. 왠지 '알고 데리고 온 거로구나!' 하시는 듯한 표정이었다.

나는 씩 웃었다.

알고는 있었지만, 꼭 그 재능 때문에 데리고 온 것만은 아닙니다만.

"주의 깊게 살펴보도록 하지. 그런 재능이라면 신설될 정보대에서 요긴하게 쓰일 수 있으니까."

"알겠습니다."

역시 아버지도 아시는 거다. 암기력이 정보를 다루는 데 있어 얼마나 중요한지.

"그리고, 다음 안건으로 넘어가지."

"다음은 저희 은풍대입니다."

외총관이 말을 이었다.

"춘일 공이 저희 상단의 보안에 대한 취약점에 대해서 말해 주었습니다. 열흘 정도의 말미를 달라고 해서 알겠다고 했는데, 어제저녁에 이에 대해서 말했습니다."

"그래, 뭐라던가?"

"역시, 뱀의 길은 뱀이 안다는 말이 틀린 말이 아니었습니다."

외총관은 춘일이 지적한, 환기를 위한 구멍의 관리라든지 지붕의 구조로 인한 도난의 위험 등등에 대해서 설명했다.

"이에 대한 보고서입니다."

그는 두루마리를 아버지에게 내밀었다.

정갈한 글씨를 보니, 누구의 솜씨인지 알 것 같았다.

형진이가 열심히 일하고 있구나.

"다들 일리 있어 보이는군. 보수할 것에 대해서는 세풍각주와 의논해 보게."

"알겠습니다."

"그리하겠습니다."

.

.

.

회의가 끝나고 나는 내 방으로 돌아왔다.

오늘 회의가 일찍 끝나면서, 잠시 시간이 남았기 때문이다.

침상에 누워 생각에 잠겼다.

보안이라……

춘일 덕분에 내 이번 삶에서는 도둑으로 인한 손해는 면할 수 있을 듯했다.

그나저나, 이걸 어떻게 하지?

지금 내가 앉아 있는 이 침상 아래에는 이번에 낙양에

서 가지고 온 야명주가 들어 있었다.

이제 겨울이 되고 침상 아래에 숯이 든 단지인 항을 넣어서 난방할 텐데, 그 전에 야명주를 보관할 곳을 찾아야 했다.

그리고 앞으로 얻을 기물들을 보관하기 위해서도 창고의 크기가 제법 커야 했다.

그것들을 주머니에 넣어서 일일이 들고 다닐 수는 없으니까.

주머니에 한계도 있고.

"우선, 설계도가 필요하니까……."

나는 자리에서 일어나 서탁 앞에 앉았다. 그리고 벼루에 물을 붓고 먹을 갈았다.

예전에 정호 형의 소단주 공표식 선물인 비은시를 살 때 잡화점 노인이 덤으로 준 벼루이다.

먹을 가는 느낌이 좋았다.

역시 단계연은 단계연이다.

나는 먹을 갈면서 중얼거렸다.

"창고…… 창고를 어떤 식으로 만들어야…… 그보다 어디에 만들어야 하는지……."

그때였다.

단계연의 색이 백옥 빛으로 바뀐 것은.

"……!"

내 옆에서 냉기 섞인 바람이 불어왔다.

고개를 돌리자, 허공에 나타난 하얀색의 문이 보였다.

"아! 깜짝이야!"

난데없이 변한 벼루에도 놀랐는데, 갑자기 허공에 수상한 문이 나타나다니.

그때 팔갑이 들어왔다.

"무슨 일이십니까요?"

"어, 아, 아니…… 갑자기 허공에 문이 나타나서……."

"네? 무슨 말씀을 하시는 겁니까요? 문이라니요?"

팔갑의 반응에 나는 다시 물었다.

"이거, 안 보여?"

하지만 팔갑은 나를 이상하다는 눈으로 바라볼 뿐이었다.

"그럼 이거 벼루, 무슨 색이야?"

나는 백옥 빛으로 변한 벼루를 가리키며 물었고, 팔갑이 대답했다.

"검은색입니다요."

"……."

"아무래도 의원을 불러야겠습니다요."

그럼 이것들, 나만 보이는 건가?

나는 그것들을 멍하니 바라보았다.

"잠시만 기다리십시오."

"어, 자, 잠깐…… 나 괜찮아. 아프지 않다고."

하지만 내가 제지하기도 전에 팔갑은 의원을 부르러 방을 나섰다.

이런…….

요즘 살왕이 남긴 비급을 익히면서 몸놀림이 더 빨라진 듯했다.

"후……."

나는 한숨을 내쉬며 뒤를 돌아보았다.

아직 하얀색 문이 여전히 보이고 있었고, 벼루 역시 백옥처럼 빛나고 있었다.

내가 천천히 다가갔고, 두 걸음 정도 남았을 때.

끼이익.

문이 저절로 열렸다.

마치 나에게 들어오라고 안내하는 듯.

안쪽을 살펴봤지만, 아무것도 보이지 않았다.

들어가 봐야 하나?

망설이던 그때, 내 소매 속에 있던 금령이가 고개를 내밀더니 문 안으로 폴짝 뛰어 들어갔다.

"야!"

나는 금령을 잡기 위해 몸을 움직였고, 얼떨결에 그 안으로 들어가게 되었다.

발에 바닥이 닿았다는 생각이 든 그 순간, 내 눈앞의 풍경이 확 바뀌었다.

"어?"

나는 두 눈을 깜박였다.

순식간이었다.

적당히 선선한 기운이 느껴졌고, 주변에는 선반들이 가득했다.

"창고?"

그때 금령이가 어딘가에서 서책 한 권을 물고 나타났다.

"제멋대로 움직이면 어떻게 해."

"꾸이."

금령은 서책을 바닥에 내려놓고 앞발로 툭툭 쳤다.

"이거 읽어 보라는 거지?"

나는 그 서책을 들었다.

[비고사용법(秘庫使用法)].

그걸 읽을 필요는 없었다. 책장을 여는 순간, 서책의 모든 내용이 내 뇌리에 새겨졌으니까.

"진짜 창고였어?"

즉, 내가 있는 공간은 비고라 불리는 곳이고 단계연이 비고의 열쇠인 것이다.

그리고 일정 조건을 갖추었을 때 이 창고를 열 수 있는 자격이 생기는 것.

그 자격이란, 삼 년 이상 단계연을 소유할 것.

음기의 내공을 익힐 것.

절정 이상의 경지일 것.

이렇게 세 가지이다.

그 자격을 이번에 충족하였기에 비고가 내 눈앞에 나타났고, 이곳에 들어올 수 있게 된 것이다.

그리고 단계연에 기운을 집어넣으면서 창고를 강하게 떠올리면 비고의 입구가 열린다는 것.

내가 아까 벼루에 먹을 갈면서 나도 모르게 기운을 흘

렸었나 보다.
 아무튼, 마침 창고가 필요하던 참이었는데 이렇게 비밀스럽고 넓은 창고가 생기다니!
 뭔가 하늘이 나를 도와주고 있다는 생각이 들었다.
 게다가 벼루는 덤으로 얻은 것이니까.
 이에 대해 잡화점 노인에게 말해야 하나 싶었지만, 이미 삼 년도 더 지난 일이다.
 그리고 말한다고 해도 내가 아는 그분은 '그래? 그렇군. 잘 쓰도록 해라.'라고 말하고 마실 분이다.
 게다가 내 무공의 경지가 높아질수록 창고의 넓이가 넓어진다고 하니, 열심히 무공을 수련할 이유가 하나 더 생겼다.
 나는 뽈뽈거리며 창고를 구경하고 있던 금령을 들어, 내 소매 속에 넣으며 말했다.
 "이제 그만 돌아가자."
 "꾸이."
 그리고 창고의 문을 열고 나갔다.
 문을 열고 나가자, 순식간에 주변의 풍경이 바뀌며 원래 내 방으로 돌아왔다.
 뒤를 힐끔 돌아보자 아직 백색의 문은 남아 있었다.
 서탁에 놓인 벼루를 손으로 톡톡 두드리자 벼루는 다시 원래대로 돌아왔고, 백색의 문 역시 사라졌다.
 좋은 기물을 얻었다.
 이 안에 야명주랑 천향로주를 보관하면 되겠네. 앞으로

얻을 기물들도 마찬가지고.

　그때 팔갑의 목소리가 들렸다.

　"도련님, 의원을 데리고 왔습니다요."

　"……."

　아니, 나 진짜 괜찮다고.

　　　　　　　　＊　＊　＊

　다음 날 아침.

　나는 오늘도 수련을 위해 아침 일찍 일어났다.

　그런 나를 보며 팔갑이 걱정스러운 표정을 지었다.

　"그냥 오늘도 쉬시지요?"

　"괜찮아."

　"하지만 어제 의원이…… 며칠 좀 쉬는 게 좋겠다고 했습니다요."

　어제 팔갑이 데리고 온 의원은 나를 진맥하고 몇 가지를 물어보더니, 피곤해서 살짝 헛것을 본 것 같다는 진단을 내렸다.

　그에 대한 보고는 즉각 아버지에게 올라갔고, 강제로 어제 오후부터 쭉 쉬어야 했다.

　덕분에 침상에 누워서 실컷 쉬긴 했지만, 쉬면 쉴수록 힘들어지는 건 미래의 나라는 걸 알기에 맘 편히 쉴 수가 없었다.

　몸은 쉬고 있어도, 해야 할 일을 헤아리는 머리는 전혀 쉬지 못하는 기분은 참…… 그랬다.
 하여간, 팔갑은 너무 나를 걱정한다니까.
 "팔갑아, 그런 말이 있어. 나를 죽이지 못하는 고난은 나를 강하게 만든다고. 그러니까 그거 아프다고 누워 있어서는 강해지지 못해."
 "그거랑 업무랑 무슨 상관입니까요?"
 "업무 역시 고난의 일종이니까. 세상에 일이 좋은 사람이 어디 있겠어. 그러니까 일이란 모두 고난인 거야."
 "그럼 도련님께서도 일하는 게 싫으시다는 겁니까요?"
 "응."
 나는 고개를 끄덕였다.
 "나도 일하는 거 싫어. 하지만 일하지 않으면 강해지지 못해."
 "그러면 일을 하면 강해진다는 말인데, 그거 뭔가 말이 이상합니다요. 일을 하면 몸이 힘들지, 강해지지는 않는 것 같습니다요."
 "아니, 일을 해야 살아남잖아. 그리고 강한 자가 살아남는 게 아니라 살아남은 자가 강한 거야. 그러니까 죽지 않을 만큼 일해서 살아남아야 강자가 된다는 냉혹한 현실이 담긴 말이지."
 내 말에 잠시 생각하던 팔갑이 손뼉을 치며 말했다.
 "그거 참 감명 깊은 말입니다요. 이따가 오실 곽 표두님께도 말씀드려야겠습니다요."
 그 순간, 나도 모르게 식은땀이 쭈욱 흘렀다.

사부님이라면, 그 말을 듣자마자 아주 좋은 말이라면서 진짜 죽지 않을 만큼 수련을 시키실 거다.
"아, 아니! 그건 아니지!"
"네?"
"진짜 그건 아니야."
"……."
나는 한숨을 푹 내쉬며 말했다.
"사실 나를 죽이지 못하는 고난은 나를 강하게 만든다는 말은, 강해지려면 고난이 나를 죽이지 못하게, 고난을 잘 피해서 가라는 의미였어."
"도련님."
"응?"
"……아무것도 아닙니다요."
지금 눈으로 욕한 것 같은데?

마당으로 나와 운기조식을 마치자마자, 사부님께서 내 별당 안으로 들어오셨다.
"사부님, 간밤에 평안하셨습니까?"
"네, 좋은 아침입니다."
나는 사부님을 보며 고개를 갸웃했다. 왠지 오늘따라 사부님의 기도가 평소와 다르게 느껴졌기 때문이다.
그전에는 뭔가 날카롭고 단단한 얼음을 보는 듯했다면, 오늘은 거대한 얼음 협곡을 올려다보는 듯한 기분이 들었기 때문이다.

사부님께서 그런 내 기색을 알아차리신 모양이다.
"왜 그러십니까?"
"네?"
"뭔가 의아해하는 듯해서 말입니다."
"아, 그게…… 제 착각일지도 모릅니다만, 사부님의 기도가 어제와 달라 보였습니다."
"……어떻게 말입니까?"
내가 느낀 그대로를 말씀드리자, 사부님의 표정이 조금 변하며 고개를 끄덕이셨다.
"국주님의 말대로입니다."
"네?"
"어제, 국주님께서 주신 비급을 연구하던 중에 작은 깨달음이 있었습니다."
"축하드립니다."
나는 포권하며 사부님께 축하를 전했고, 사부님께서는 살짝 쑥스러운 듯한 표정을 지으셨다.
저런 표정은 거의 본 적이 없어서 매우 신선했다.
"국주님 덕분입니다."
"하늘이 사부님을 생각하여, 저를 통해 그 비급을 사부님께 돌려 드린 것이라고 생각합니다."
사부님은 나를 물끄러미 바라보시다가 진지한 표정으로 입을 열었다.
"그 비급은 제가 조금 더 연구한 후, 국주님께 전수하도록 하겠습니다."

"사사할 날을 기다리겠습니다."
"그럼 수련을 시작하겠습니다."

* * *

시간이 흘러 십일월의 생일도 무사히 지나갔고, 나는 열아홉 살이 되었다.
내가 죽음에서 다시 돌아온 지 사 년이 된 것.
그리고 이번 동지 때 황실에서 발표하는 천하 백대 상단 중 사십구 위의 상단이 되었다.
이제 고지가 얼마 남지 않았다.
천하 십대 상단에 들면, 그때부터 백천상단과 본격적인 싸움을 벌일 생각이다.
지금은 아직, 물밑에서 백천상단과 무림맹의 일을 방해하고 있을 뿐이지만 말이다.
아직은 백천상단에 비하면 작은 상단이니만큼, 그들에 의해 위험해질 수 있었으니까.
물론 드러내지 않고 준비해 둔 것들이 있지만, 그건 말 그대로 드러내지 않아야 비수니까.

나는 현풍국의 내 집무실로 가고 있었다.
드르륵, 드르륵.
저 멀리서 바퀴가 구르는 소리가 들렸다. 고개를 돌려

보니 허운 각원이다.

"아, 출근하시는 모양입니다."

"네."

허운 각원은 바퀴가 달린 의자를 이용하여 이동하고 있었는데, 그건 내가 공밀에게 부탁해서 만든 의자이다.

다른 사람이 밀어서 이동할 수도 있고, 스스로 바퀴를 굴려서도 이동할 수 있었다.

상유각의 연 각주는 그걸 보자마자 눈을 번뜩이며 나에게 외쳤다.

"국주님! 이거, 팔죠!"

그 바퀴 달린 의자는 '의륜의(依輪椅)'라는 이름이 지어졌다.

의지가 되는 바퀴 달린 의자라는 의미인데, 아버지가 지으신 이름이다.

역시, 이름을 짓는 재주는 나보다 아버지가 더 뛰어나신 듯하다.

아무튼, 연 각주의 바람대로 의륜의는 판매를 준비 중이었다.

세상에는 허운 각원처럼 거동이 불편한 사람들이 많았으니, 수요 역시 많을 터.

하지만 그들의 불편함을 볼모로 삼아 폭리를 취하지는 않을 생각이다.

나는 허운 각원에게 말했다.

"의륜의는 적응이 되신 모양입니다."

"네, 아주 편합니다."
"상유각까지 제가 밀어드리지요."
"아닙니다. 혼자 갈 수 있습니다."
"가는 길까지 말동무가 필요해서 그럽니다."
그리고 내가 직접 허운 각원의 의륜의를 밀려고 했지만, 팔갑이 만류했다.
"제가 하겠습니다요."
"응. 그래."
하긴 팔갑 입장에서는 가만히 있을 수 없겠구나.
드르륵, 드르륵.
그렇게 이런저런 이야기를 나누며 상유각으로 향하던 중, 허운 각원이 다른 이야기를 꺼냈다.
"저, 제가 전에 말씀드렸나요? 백천상단의 모든 장부를 기억하고 있다고요."
"네, 들었습니다."
"그리고 최근에 기록된 내용 중에 뭔가 마음에 걸리는 내용이 하나 기억났습니다."
"무엇입니까?"
"백천상단에서 제법 많은 자금이 호북성의 연천촌으로 흘러갔습니다."
연천촌?
나는 연천촌이 어딘지 기억을 더듬었고, 곧 어딘지 떠올렸다.
거기…… 무당산 옆에 있는 곳인데?

"그래서 그에 관련한 기록을 찾아봤는데…… 영약을 구매한 기록이 있었습니다."

"영약을 말입니까? 음, 조금 특이하기는 하지만 거래에 사용하기 위해 구입했을 수도 있지 않습니까?"

영약을 구해서 주고 그 대가로 거래권을 얻는 등의 일은 종종 있는 일이니까.

"맞습니다. 하지만 제가 걸린다고 했던 건 그게 아니라 그 안에…… 인근 상단들의 인수에 대한 비용이 함께 적혀 있었다는 겁니다."

그 말에 나는 곰곰이 생각에 잠겼다.

그리고 서우 무사를 보는 순간, 퍼뜩 뇌리를 스쳐 가는 생각이 있었다.

.

.

.

허운 공자를 상유각에 데려다주고는 현풍국의 내 집무실로 돌아왔다.

그리고 집무실과 다른 이들이 있는 사무실 사이의 칸막이를 닫았다.

혼자 곰곰이 생각해야 할 일이 있기 때문이다.

이번 삶에서 복시령과를 구한 건 나이고, 그로 인해 서우 무사가 병석에서 일어났다.

하지만 이전 삶에서는 문주성 공자가 구했던 복시령과

로 인해 득행상단은 쑥대밭이 되었다.
 그리고 그 복시령과는 다른 자가 먹었다.
 바로 유폐되어 있던 혈교의 인물이다.
 그리고 그가 유폐되어 있던 곳은 무당파.
 그때 몸을 회복한 혈교의 인물에 의해서 무당파는 엄청난 피해를 입었다.
 그 혈교인은 발길이 닿는 족족 파괴와 살육을 행했고, 그로 인해 호북성 주변은 혼란에 빠졌다.
 그 위협이 너무 커지자, 결국 무림맹에서 나섰다.
 그리고 그들이 나선 지 얼마 되지 않아 혈교인은 토벌되었다.
 생각해 보니 그 일로 인해 이득을 본 건 무림맹이었다.
 혈교의 인물을 처리하며, 무림맹의 위명은 더욱 높아졌으니까.
 그때 파산 직전까지 몰렸던 호북성 주변의 상단들을 흡수하며 백천상단은 더욱 덩치를 불렸다.
 하여 백천상단이 삼대 상단의 자리에 올라섰다.
 설마, 그럼…… 그때 그 일이 무림맹의 농간이었다는 건가?
 그렇다면 이 일은 막아야 한다.
 그때의 참상은 말로 할 수 없을 정도로 끔찍하여 왜 혈교가 혈교인지 알 수 있었다.
 하지만 그 인물은 엄청난 고수였으니, 이를 막을 만한 고수가 있어야…… 어?

뭔가 이상한데?

무당파면 중원의 문파들 중에서도 손꼽히는 곳.

그들이 보유한 고수가 몇 명인데 그 혈교인을 막지 못했던 걸까?

심지어 그 혈교인을 유폐한 것도 무당파의 고수들일 텐데.

이건 가 볼 필요가 있다.

의심받지 않고 무당파에 갈 만한 명분이…….

아, 그러면 되겠군.

나에게는 선협미랑이라는 명호가 있고, 또 무당파에 기부한다고 하면 문을 활짝 열어 줄 테니까.

34장. 무당파에 방문하다

무당파에 방문하다

 나는 생각을 정리하고는 곧바로 문서를 작성하기 시작했다.
 무당파에 방문하기 위한 일종의 출장 신청서다.
 출장 목적은…… 무당파에 기부하면서 상단의 보호를 요청하기 위함.
 문서를 일필휘지로 적어 내린 뒤, 씩 웃으며 자리에서 일어났다.

 아버지에게 출장 신청서를 제출하기 위해 집무실로 들어가자, 아버지께서 반갑게 맞아 주셨다.
 "이제 몸은 괜찮은 것이냐?"
 "네. 괜찮습니다. 아버지."
 "헛것을 볼 정도면 제법 무리했다는 건데……."

여전히 걱정스러운 표정이신 아버지에게 미소를 지으며 물었다.
"아버지야말로 괜찮으십니까?"
"나야 뭐, 일상이니······."
아버지와 나는 서로를 바라보다가 피식 웃었다.
"그래, 어쩐 일이냐?"
나는 아버지에게 출장 신청서를 내밀었고, 아버지는 그것을 들어 읽어 보시고는 내 얼굴을 보셨다.
"무당파에?"
"네."
나는 고개를 끄덕이며 설명했다.
"이제 슬슬 상납해야 할 시기잖습니까?"
"험험, 상납이라니! 기부금이라는 우아한 말이 있지 않느냐?"
"네, 상······ 아니, 기부금의 액수가 제법 크기도 하니 아무나 보낼 수는 없지 않겠습니까? 그래도 소단주쯤 되면 면이 설 테니까요."
"음, 그건, 그렇지."
"그리고 지금 정호 형은 바쁘고, 진호 형은 표행 때문에 나가 있고요."
아버지는 잠시 생각하시더니 고개를 끄덕이셨다.
"네가 맡은 일에 차질이 없도록 하려면 그 전에 바쁘게 고생해야 할 텐데 괜찮겠느냐?"
"그건······ 차질 없도록 하겠습니다."

"알겠다. 기부할 준비는 내가 따로 해 두도록 하마."

그렇게 아버지의 허락을 받았다.

이제 남은 것은 내가 보름 이상 자리를 비워도 문제 없도록 미리 일을 처리하는 것이다. 그리고 가면서도 일을 해야겠지.

결심했다.

백천상단과 무림맹에 복수하고, 은해상단이 천하제일상단이 되면 그땐 진짜 쉴 거다.

아주 푹 쉴 거다.

* * *

무당파.

무당산, 정확하게 말하면 호북성의 균현에 자리 잡은 문파로서 장삼봉이 세운 문파라고 알려져 있다.

도가 계열의 문파로 그 무공은 부드러움으로 강함을 제압한다는 유능제강(柔能制剛)이라는 말로 표현할 수 있다.

정파 무림의 양대산맥 중 하나인 만큼, 그 위용은 어마어마했다.

그 무당파 깊숙한 곳.

무당파의 무인 열두 명이 항상 짝을 지어 경계를 서고 있는 건물.

그 건물의 안에는 금줄과 쇠사슬로 칭칭 동여매져 있는 작은 전각 하나가 있었다.

무당파의 옷을 입은 두 명이 그곳을 지나고 있었다.

열 살 남짓으로 보이는 소년이 이십 대로 보이는 청년에게 물었다.

"사숙, 저 전각은 무엇이길래 저렇게 엄중하게 관리되고 있는 겁니까?"

"저기는 절대로 가서는 안 되는 곳이다."

"어째서입니까?"

"저곳에 가면 저주를 받아서 요괴가 되거든. 그래서 안으로 들어가지 못하도록 지키고 있지."

"요괴가 된다고요?"

"저기 지키고 있는 자들은 그 요괴를 죽이는 역할도 맡고 있지. 내가 듣기로 다시 살아나지 못하도록 갈기갈기 찢어 죽인다고 하던데……."

"흐익!"

끔찍한 말에 소년이 기겁했다.

"뭐, 호기심이 생겨서 간다면 말리지는 않으마. 진짜 요괴가 되어 보면 그때 가서 내가 왜 그랬을까 후회하겠지. 그리고 몸이 찢기는 고통에……."

"사, 사숙! 그런 말 마세요! 저는 절대 가지 않을 겁니다!"

"그래, 현명한 선택이다. 어서 가자. 은해상단에서 오신 분들이 기다리시겠다."

"그러고 보니, 선협미랑께서도 오신다죠?"

"그렇다더구나."

"그렇게 잘생기셨다는데, 궁금합니다."

"도를 구하는 제자는 겉모습에 치중해서는 아니 되는 법이니라."
"네. 사숙."
그리 대답하고 발걸음을 옮기던 소년은 문득 발걸음을 멈췄다.
'방금, 피리 소리를 들은 것 같았는데?'
하지만 다시 귀를 기울이자 아무 소리도 들리지 않았고, 대수롭지 않게 생각하며 사숙을 따라갔다.

.

.

.

그 시각,
무당파의 금지 안, 전각을 통해 이어지는 지하.
으득, 으드득.
그 감옥 안에는 누군가 분노로 이를 갈고 있었다.
어둠 속에서 붉은색 두 눈동자가 형형하게 빛나고 있었다.
그때 그의 귀에 피리 소리가 들렸다. 그는 광소를 흘렸다.
"흐흐흐, 이곳에서 나갈 날도 얼마 남지 않았군."

* * *

황제의 명에 의해 지어진 진무대제의 도관이 무당파의 시초라는 이야기가 있다.
그래서인지 산문의 크기는 어마어마했다.

그리고 그 산문 앞에는 해검지가 있다.
우리는 그곳에서 무장을 해제한 후, 무당파의 도사들과 만났다.
"기다리고 있었습니다. 그런데 생각보다 일찍 도착하셨군요."
"네. 이름 높은 무당파를 방문한다고 생각하니 설레어서 발걸음이 빨라졌나 봅니다."
"본문을 그리 높게 평가해 주시니, 감사할 따름입니다."
공손하게 예를 표한 문지기의 역을 맡은 제자가 말을 이었다.
"잠시만 기다리시면 안내를 맡은 제자들이 내려올 것입니다."
"알겠습니다."
그렇게 약 한 식경 정도 기다리자 두 명의 무당파 도사가 우리에게 다가왔다.
"은해상단의 소단주 은서호입니다. 그리고 여기는 제 일행입니다."
"이십오 대 제자 공륜(共崙)입니다."
"이십육 대 제자 무운(武澐)입니다."
공륜 도장이 포권하며 다시금 예를 갖추었다.
"위명이 자자한 선협미랑을 뵙게 되어 영광입니다."
"과찬이십니다."
"본문에 오신 것을 환영합니다. 그리고 물품들을 가져오셨다고 들었습니다만……."

"네. 맞습니다. 저 아래에서 기다리고 있습니다."

우리는 산문 아래쪽에 내려갔고 공륜 도장과 무운 도장은 깜짝 놀랐다.

"저, 저게 전부……."

"네."

내가 생각해도 기부를 위해 가지고 온 물자가 좀 많긴 했다.

하지만 다른 곳도 아니고 은해상단의 본단이 있는 호북성에 자리 잡고 있는 문파이자 정파 무림의 양대산맥 중 하나이다.

생각보다 그들의 위명을 빌려야 할 일이 많기에 친하게 지내야 할 필요가 있다.

무당파는 도가 계열의 문파라 건물 규모나 위상에 비해 그리 부유한 편은 아니었다.

게다가 이십여 년 전에 혈교인을 제압하는 과정에서 입은 피해가 상당했다.

자체적인 손해도 적지 않았고, 주변에 피해를 보상하느라 들어간 재물도 꽤 되었다.

그런 탓에 재정적으로는 간신히 버티고 있는 정도.

속가제자들이나 주변의 상단에서 보내는 기부금으로 조금씩 회복하고 있지만, 아직 예전만큼 넉넉하지는 않다.

그러니 우리가 가지고 온 재물이 반가울 거다.

게다가 지금은 연초이고, 여러모로 물자가 부족할 때가 다가오고 있었으니까.

"괜찮으시다면 얼른 들어갔으면 합니다. 날이 어두워

지면 춥기도 하거니와 수레를 이동하기에 힘듭니다."

내 말에 공륜 도장이 고개를 끄덕였다.

"맞습니다. 저를 따라오시지요. 안내하겠습니다."

무당파 안에 거하는 이들은 무척 많고, 그들이 사용하는 물자 역시 만만치 않았다.

그것들을 일일이 사람이 들고 험한 산을 오르는 건 참 힘든 일이다.

그렇기에 마을에서부터 무당파까지 수레로 이동할 수 있는 길이 있다.

하지만 외부 침입도 경계해야 했기에, 일정 거리마다 무당의 제자들이 네 명씩 조를 이루어 검문을 했다.

"됐습니다. 협조해 주셔서 감사합니다."

벌써 다섯 번째 검문이다.

신분패를 갈무리하는 나를 보며 공륜 도장이 말했다.

"번거롭게 해 송구합니다."

"아닙니다. 무당파는 진무대제의 손길이 닿은 곳이 아닙니까? 혹시라도 불순한 목적을 가진 자가 이곳을 범할 수도 있으니 미리 이를 막는 건 필요하다고 봅니다."

내 말에 공륜 도장과 무운 도장이 포권하며 말했다.

"이해해 주셔서 감사합니다."

그렇게 총 열 번의 검문 끝에, 무당파의 산문 내부에 들어설 수 있었다.

공륜 도장이 말했다.

"무당파에 오신 것을 환영합니다. 그럼, 우선 빈객당으로 모시겠습니다."

무당파에 방문하는 이들은 무척 많았고, 그 때문인지 방문자들이 머무르는 빈객당 역시 제법 규모가 있었다.

그렇게 우리를 안내해 준 두 도장은 빈객당을 맡은 자에게 우리를 인계해 주었다.

"빈객당을 맡은 당주 백문(百紋)입니다. 은해상단에서 오신 시주님들을 환영합니다."

"저희 상단주님의 서신을 가지고 왔습니다. 하여, 장문인을 뵙고 직접 전해드리고 싶습니다."

"위에 보고드릴 테이니, 우선 안으로 들어와 쉬고 계십시오."

우리는 빈객들이 묵는 숙소로 안내받았다. 크기는 크지 않지만 정갈하고 깔끔하게 꾸며져 있었다.

"후, 힘들었다."

내 말에 팔갑이 고개를 끄덕였다.

"역시 무당산은 무당산입니다요."

"아마 저녁을 먹은 뒤에나 장문인을 뵐 수 있을 것 같으니까 좀 쉬자."

"알겠습니다요."

．
．
．

내 예상대로, 우리는 저녁을 먹은 뒤에 장문인의 부름을 받았다.

내 앞에 웅장한 건물과 함께 삼청각이라 적힌 현판이 보였다.

저곳이 바로 무당파의 장문인이 거하는 곳이자, 장로급 이상의 회의가 열리는 삼청각이다.

무당산과 삼청각이 어우러진 풍경은 무척이나 웅장해 보이는 것이, 천하를 발아래 두는 듯했다.

절로 공손해지네.

나는 나도 모르게 두 손을 앞으로 모았다.

"장문인께서 안에서 기다리고 계십니다. 선협미랑 소단주만 들어가십시오."

그 말에 나는 내 뒤의 이들을 일별하고는 고개를 끄덕였다.

문이 열렸고, 그 안에는 하얀 수염을 가슴까지 기른 도인이 앉아 있었다.

"어서 오시오. 본문에 온 것을 환영하는 바이오."

"환영해 주셔서 감사합니다. 은해상단의 은서호 소단주입니다."

"장문인 진선(進善)이오."

"항상 흠모하던 이곳을 방문하여 장문인을 뵈오니, 삼세의 영광입니다."

"허허허, 과찬이오. 편히 앉으시오."

"감사합니다."

나는 장문인 앞에 앉았다.

장문인을 보필하는 제자가 내 앞에 차를 내주었다.

"이번에 은해상단에서 제법 많은 물자를 지원해 주었다고 들었소이다."

"네, 변변찮은 물자입니다만 호북성의 안정과 평화에 도움이 된다면 기쁠 것입니다."

"시주와 은해상단의 성의에 감사드리는 바이오."

"여기, 제 아버지이신 상단주님께서 보내시는 서신입니다."

나는 장문인에게 아버지의 서신을 건네고는 이런저런 이야기를 주고받았다.

그리고 적당히 이야기를 마무리해야 할 즈음에 본론을 꺼냈다.

"아까 말씀드렸듯이 저는 어릴 때부터 이곳 무당파를 항상 흠모하고 있었습니다. 그리고 이렇게 무당파에 방문할 기회를 얻었습니다."

나는 말을 이었다.

"하여 이곳을 둘러보고 싶습니다. 허락해 주실 수 있겠습니까?"

장문인은 담담한 표정으로 나를 바라보았다.

"……."

"……."

괜히 긴장되게 왜 아무 말도 없이 나를 바라보기만 하시는지 모르겠다.

무당파에 방문하다 〈225〉

거절인가?
허락인가?
거절이면 난감한데.
솔직히 다른 수를 생각해 낼 수도 있긴 하지만, 기부하기 위해 가지고 온 재물이 쬐끔…… 아깝다.
그때였다.
장문인은 앞의 차를 단숨에 마셨다.
아!
내 표정이 밝아졌다.
"그리하시오."
"소상의 청을 허락해 주셔서 감사합니다."
"안내를 위해 오늘 시주를 여기까지 데려온 이들을 다시 붙여 주겠소이다."

.

.

.

장문인과의 면담을 마치고 나는 빈객당으로 돌아오는 길에 수레에 실린 물자들을 나르는 것이 보였다.
무당파에 기부를 위해 가지고 온 것들은 그 어떤 것이든지 장문인의 허락이 떨어져야 창고에 들일 수 있기 때문이다.
그렇게 무당파에서의 첫날이 저물어 갔다.

.

.

.

꿈을 꾸었다.

나는 온통 하얀색뿐인 무의 공간에 서 있었다.

자욱한 안개로 인해 한 치 앞도 보이지 않을 정도.

"여긴, 어디지?"

나는 그리 중얼거리며 걷고 또 걸었지만, 마치 제자리를 걷는 듯했다.

툭,

그때 내 발에 뭔가가 걸렸다.

고개를 들자, 안개가 조금 흩어진 사이로 건물 하나가 보였다.

온통 금줄과 쇠사슬에 묶인 작은 전각이다.

"여긴……?"

의문을 표할 때 뒤에서 누군가가 나를 부르는 소리가 들렸다.

"현무의 연이 닿은 자여……."

"……?"

뒤를 돌아보았지만, 내가 볼 수 있는 건 검은색 옷을 입은 누군가라는 것뿐이다.

"또다시 이곳에 인간들의 피가 뿌려지니, 슬프구나."

그게 대체 무슨 말이지?

"두 번째 삶을 사는 이여."

"……!"

그 말에 나는 깜짝 놀랐다. 그래서 나도 모르게 날카롭게 반응했다.

무당파에 방문하다 〈227〉

"당신은 누구십니까?"

"나는 이 산을 인간들에게 돌려준 존재, 진무대제이니라."

"……!"

옛날 무당산에 수많은 요괴가 있었고, 그로 인해 인간들이 고통을 받았다고 한다.

이를 보다 못한 진무대제가 직접 하늘에서 내려와 모든 요괴들을 제거하고 무당산을 다시 인간들에게 돌려주었다는 전설이 전해진다.

그 전설의 존재가 왜 나에게 나타난 거지?

"제게 무엇을 원하시는 겁니까?"

"연자여, 이 땅의 혈겁을 막아라."

진무대제라 자신을 밝힌 그에게서 느껴지는 기세는 저절로 무릎을 꿇을 정도였다.

그 기세에 무림인이 아니라도 무조건 "알겠습니다."라고 할 텐데, 나는 천상 상인인가 보다.

그에게 거래를 건 것을 보면 말이다.

"혈겁을 막으면, 제게 뭘 해 주시겠습니까?"

내 물음에 자신을 진무대제라 칭한 그는 살짝 당혹스러워하다가 이내 껄껄 웃었다.

"그래, 뭘 원하느냐?"

"저에게 뭘 주실 수 있으십니까……."

.

.

.

"……."
눈을 떴다.
나는 몸을 일으키며 고개를 갸웃거렸다.
방금 뭐였지? 꿈이었나? 꿈을 꾸었던 것 같은데?
곰곰이 기억을 되새겨 봤지만, 여느 꿈처럼 흐릿한 기억만 남아 있을 뿐이었다.
나쁜 느낌은 아니었던 거 같은데…….

빈객당에 있는 식당 중 한 곳에서 아침을 먹을 때, 빈객당의 백문 당주가 다가와 우리의 안내를 맡을 제자들이 오후에 올 거라고 알려 주었다.
그럼, 안내역이 오기 전까지 방문객들이 둘러볼 수 있는 구역을 둘러보면 되겠군.
식사를 마친 나는 호위무사들과 함께 빈객당을 나섰다.
"어제도 그렇지만, 이렇게 아침에 보는 무당파의 전경도 꽤 멋집니다요."
팔갑의 말에 서우 무사가 고개를 끄덕였다.
"이 정파 무림의 양대 산맥 중 한 곳이라는 무당파에 방문할 수 있다니! 감격스럽습니다."
그 말에 나머지 세 호위무사들도 고개를 끄덕였다. 그걸 보니 무당파라는 곳이 정파 무림인들에게 어떤 의미인지 알 것 같았다.
하지만 이런 곳이 내 지난 삶에서는 반 이상이 파괴되

었고, 살아남은 제자들도 절반 남짓에 불과했다.
 살아남은 고수들 덕분에 그 명맥이 끊기지는 않았지만, 가뜩이나 어려웠던 무당파는 운영에 곤란을 겪을 정도로 쇠퇴하고 말았다.
 그로 인해 무당파 주변에 녹림들이 발호하여 오가는 이들이 불편을 겪게 되었다.
 그전에 무당파의 영역에서는 감히 녹림들이 영업할 생각을 못 했었는데 말이지.
 당시 우리 상단도 그 피해를 적잖게 봤다.
 생각할수록 입맛이 쓰다.
 그렇게 다른 이들과는 다른 감상을 느끼며 무당파의 방문객들에게 허용된 구역을 돌아보았다.
 무당파 전체 중 아주 일부분뿐이었음에도 무척 넓어서 그곳을 다 돌아보자 어느새 점심을 먹을 때가 되었다.

.

.

.

 점심을 먹고 나자, 우리의 안내를 맡은 제자들이 찾아왔다.
 어제 우리를 마중 나왔던 공륜 도장과 무운 도장이었다.
 "어제 뵙고 또 뵙는군요."
 "네, 선협미랑 공 일행을 안내하라는 명을 받고 왔습니다."
 "잘 부탁드립니다."

그렇게 우리는 일반적인 방문객이 들어가지 못하는 심처로 들어갔다.

우리는 아까 빈객당주에게 받은 패를 목에 패용하고 있었다.

어제 장문인으로부터 허가를 받은 덕분에 받을 수 있는 것이다.

이게 없다면 무당파의 사람이 아닌 이상, 이렇게 심처까지 다닐 수 없으니까.

목에 걸린 허가패를 보며, 사천당가를 방문했을 때를 떠올렸다.

당수빈 소저와 조웅이는 잘 지내고 있겠지.

우리는 내외를 구분 짓는 문을 넘어갔다. 그와 동시에 비슷하면서도 다른 세상이 눈앞에 펼쳐졌다.

"이곳이……."

"네, 이게 진정한 본문의 모습입니다."

조금 낡긴 했지만 관리가 잘 되어 고풍스럽게 느껴지는 건물들.

그리고 바닥에 깔린 매끈한 청석과 그 위에서 우렁찬 외침과 함께 무공을 연마하는 무당파의 제자들.

"참으로 훌륭한 모습입니다."

내 말에 공륜 도장이 뭔가 으쓱한 표정이 되어 말했다.

"지금 저쪽에 익히는 무공은, 저희 무당파의 자랑인 태극권이고, 저쪽은 삼재검법입니다."

"제가 아는 그 태극권과 삼재검법 말입니까?"

태극권이나 삼재검법은 시장에서 종종 떠돌이 상인들이 파는 싸구려 무공서적 중 대표적인 것들이다.

물론 그것들은 이름만 같은 가짜이다.

진짜 태극권과 삼재검법의 비급이 돌아다닌다면, 당연히 무당파에서 가만있지 않았을 테니까.

"역시 진짜는 다르군요."

내 말에 공륜 도장은 자랑스럽게 고개를 끄덕였다.

"물론입니다."

그렇게 우리는 어느 건물 쪽으로 향했고, 공륜 도장이 우리에게 양해를 구했다.

"잠시만 기다려 주십시오. 안에다가 잠시 외부인이 방문했음을 알려야 합니다."

"알겠습니다. 여기서 기다리고 있겠습니다."

그렇게 공륜 도장이 건물 안으로 들어갔고, 무운 도장이 우리와 남게 되었다.

나는 힐끔 태극권과 삼재검법을 익히는 제자들을 일별하고는 무운 도장에게 말했다.

"무운 도장께서는 태극권과 삼재검법의 성취가 어떻게 되시는지요?"

"저는, 아직 대성하지 못했습니다."

그는 말을 이었다.

"제가 제자가 된 지 오 년이 다 되어 가지만, 아직 태극권과 삼재검법의 성취가 더딘 건 제가 재능이 없어서가 아닙니다. 다음 대 제자가 들어오기 전까지 계속해서 두 무공만을 익히기 때문입니다. 그것도 진도가 상당히 느립니다. 같은 초식만 몇 달 동안 반복하니까요."

"그렇군요."

내가 듣기로 무당파에서는 팔 년에 한 번씩 정식으로 제자들을 받는다고 들었다.

"그럼, 앞으로 삼 년은 더 두 무공을 익히셔야 한다는 거군요."

"네. 맞습니다."

그는 그동안 이런 이야기를 할 사람이 없었기 때문인지 아니면 그런 이야기에 동조해 줄 사람이 없었기 때문인지 하소연을 쏟아냈다.

"솔직히 저는 지겹습니다. 계속해서 반복하고, 반복하고 또 반복하고."

"그렇기도 하겠군요."

"네, 대체 왜 두 무공만 계속해서 익히게 하는지······."

그렇게 불만을 내뱉던 그는 "헉!"소리를 내며 자신의 입을 막았다.

내가 외부인이라는 것을 깨달은 것이다.

아직 어린 제자이기에 한 실수겠지.

"방금 제가 한 말은 그러니까, 개소리라고 생각해 주세요."

그 말에 나는 고개를 갸웃했다.

"무슨 말씀인지 모르겠군요. 도장께서 저에게 무슨 말씀이라도 하셨습니까?"

그리고 호위무사들에게 물었다.
"무운 도장께서 무슨 말씀을 하셨는지 들었습니까?"
"저희는 듣지 못했습니다."
이어서 고개를 돌려 팔갑에게 물었다.
"넌 들었어?"
"뭘 말씀입니까요?"
이에 무운 도공은 포권하며 말했다.
"감사합니다."
나는 피식 웃으며 자연스럽게 화제를 돌렸다.
"도장께서는 무당파를 어떻게 생각하십니까?"
"물론 본파는 유구한 역사를 자랑하는 곳입니다. 저는 제가 무당파의 제자인 것이 자랑스럽습니다."
"도장의 말씀대로 무당파는 훌륭한 곳입니다. 그런 곳에서 괜히 두 무공을 강조하지는 않을 겁니다. 이유가 있기에 그리한다고 생각합니다."
"혹시 왜 그러는지 생각하시는 바가 있나요?"
"소상의 짧은 식견으로는, 두 무공이 무당파의 모든 무공의 토대가 되기 때문이라고 생각합니다."
나는 말을 이었다.
"탑을 생각해 보십시오. 높이 올라가는 탑일수록 맨 아랫부분이 가장 크고 단단하지 않습니까?"
"아……."
"무당파는 모든 제자가 더 높은 경지에 닿기를 바라고 있기에 오랫동안 공을 들여서 그 토대를 다지는 것이라고 봅니다."

내 말에 무운 도장은 눈을 빛내며 말했다.

"제가 어리석었습니다. 선협미랑 공의 말씀 덕분에 제가 나아갈 길을 찾은 듯합니다."

"소상의 변변찮은 말이 도움이 되었다니 기쁩니다."

나는 웃으며 그 말을 받았다.

사실, 팔 년 동안이나 태극권과 삼재검법만 익히게 하는 이유가 모든 무당파의 무공의 기본이 되기 때문만은 아니다.

당연히 기초 무공인 두 개만을 익히는 것은 지루하고도 지겨운 반복의 연속이다.

하지만 무공을 익힌다는 것 자체가 지겨운 반복의 연속이다.

그 지겨움을 이겨 내지 못한다면 결코 높은 경지에 올라갈 수 없다.

그리고 사람의 성향은 잘 변하지 않는다.

즉, 본격적으로 무공을 가르칠 제자들을 선별하기 위함이기도 하다.

지난 삶에서 듣기로 다음 대 제자를 받기 전 최근에 받은 제자들의 성취를 시험한다고 한다.

그때 태극권과 삼재검법의 경지가 일정 이상이 되지 않으면 더 무공을 배우지 못하고 하산해야 한다고 들었다.

애초에 무당파의 제자가 되는 것도 힘들지만, 어엿한 구성원이 되기 위한 과정은 그보다 더 험난했다.

"재미있는 대화를 하는군."

갑자기 뒤에서 들려온 말에 나는 순간 식은땀이 흘렀다. 내 기감에 전혀 잡히지 않았었으니까.

다급히 뒤를 돌아보자, 한 노인이 우리 앞에 서 있었다. 그를 본 무운 도장이 얼른 포권하여 고개를 숙였다.

"이, 이십육 대 제자 무운이 장로님을 뵙습니다."

그 말에 상대의 정체를 알게 되었고, 우리 역시 포권하여 예를 갖추었다.

"소상은 은해상단의 소단주 은서호라고 합니다. 무당파의 장로님을 뵙게 되어 영광입니다. 옆에는 제 시종과 제 호위무사들입니다. 장문인의 허락을 받아 무당파를 둘러보고 있었습니다."

"그렇군. 나는 진정(進靜)이라 하네."

그렇게 자신을 소개한 진정 장로는 내게 가볍게 고개를 숙였다.

"이번에 본문에 제법 많은 기부를 했다고 들었네."

"약소하지만 무당파에 도움이 되었으면 합니다."

"무척 도움이 된다네. 고맙군."

그때 건물 안에서 공륜 도장이 나왔고, 진정 장로를 보고 얼른 포권했다.

진정 장로는 구경 잘 하라면서 옅은 미소를 남기고 자리를 떠났고, 우리는 건물 안으로 들어갔다.

그곳은 도에 대해 배우는 곳이었다. 무당파는 도교의 성지인 만큼 도에 대한 것이 기본이 되어야 하기 때문이다.

그곳을 잠시 살펴본 후 우리는 다른 곳으로 향했다.

그렇게 무당파를 둘러보던 중, 나는 무당파의 제자들이 엄중하게 지키고 있는 곳을 발견했다.

나는 힐끔 그 안을 엿보았고 쇠사슬과 금줄로 칭칭 감겨 있는 작은 전각이 보였다.

어? 저곳은?

순간 안개처럼 뿌옇기만 했던 간밤의 꿈이 생각났다.

그곳은 꿈에서 봤던 곳이 틀림없었다.

꿈에서 진무대제라는 분을 뵈었고, 그분은 나에게 혈겁을 막으라고 했다.

이에 나는…….

아…… 거래를 했구나.

꿈에서도 거래를 하다니, 진짜 나는 천상 상인인가 보네.

진무대제는 나에게 무당산에서의 혈겁을 막으라고 했고, 나는 내게 뭘 해 줄 거냐고 물었다.

이에 한 가지 천기를 알려 준다고 했었다.

무슨 천기인지 알 수 없지만, 나에게 도움이 될 천기라고 했기에 수락했다.

설마 진무대제씩이나 되어서 나에게 사기를 치지는 않겠지.

그나저나 혈겁이라……

진무대제가 혈겁이라 할 정도면 결코 가벼운 사안이 아니다.

그리고 이곳에서 이야기를 하셨다는 건, 저 엄중하게 지키고 있는 곳에 그 혈교인이 유폐되어 있다는 뜻이겠지.

"아! 저곳은 가까이 가시면 안 됩니다."

무운 도장이 나를 잡아끌었다. 나는 모르는 척 그에게 물었다.

"저곳은 어디입니까?"

"저곳에 가면 요괴가 된다고 합니다."

"요괴요?"

내 물음에 공륜 도장이 말을 이었다.

"예. 제가 듣기로, 저곳에는 과거 무당산에 피를 뿌렸던 요괴가 갇혀 있는 곳이라고 합니다. 그래서 저곳에 가까이 가면 저주를 받아서 요괴가 된다고 합니다."

"그럼 가까이 가서는 안 되겠군요."

혈교인에 대해 뭐라고 설명했기에 요괴가 되었는지 모르겠지만, 이 무당산에 수많은 피를 뿌렸다는 것을 생각하면 요괴라고 해도 무방하긴 하지.

아무튼 혈교인이 유폐되어 있는 곳은 찾긴 찾았는데, 저 엄중한 감시가 왜 뚫린 거지?

보이는 감시만 해도 상당한 수준이고, 보이지 않는 감시도 철저할 터다.

단순한 강행돌파라면 무당파의 고수들이 손 놓고 보고 있지만은 않을 텐데?

그보다 문제는 어떻게 하면 이곳에 좀 더 머무를 수 있을지다.

보통 기부금을 전하는 이들은 하루이틀 정도만 머물다가 떠나는 편이다.

무당파 입장에서도 그들이 오래 머물면 그만큼 신경을 써야 하니까.

그 이상은 무언가 명분이 필요하다.

혈교인의 탈출을 막든지 혈겁을 막든지 하려면 일단 이곳에 머물러야 할 테니까.

그때였다.

"어? 피, 피하세요!"

어디선가 들려온 목소리에 고개를 들어 보니, 비무를 하다가 부러진 것으로 보이는 목검이 우리를 향해 날아오고 있었다.

"위험합니다요! 도련님!"

팔갑은 나를 밀쳤고, 그 부러진 목검이 그대로 팔갑을 적중했다.

"아이고!"

"팔갑!"

"아이고, 나 죽네! 아이고!"

"죄, 죄송합니다! 정말 죄송합니다!"

그렇게, 순식간에 난리가 나 버렸다.

부러진 목검이 날아오기는 했지만, 팔갑이 맞을 정도는 아니었는데?

요즘 진유 무사에게 무공을 배우는 팔갑이고, 원래 생긴 것과 달리 민첩하다.

목검이 어디에 떨어질지 예측하지 못할 리가 없다.
아니, 예측하지 못했어도 충분히 피할 수 있었다.
설마 일부러?

.

.

.

팔갑은 빈객당으로 실려 갔고, 곧 의원이 달려왔다.
"제 시종은 괜찮은 겁니까?"
"뭔가에 가격을 당한 충격으로 인한 증상은 보통 늦게 나타날 수 있는 만큼, 예후를 지켜봐야 할 듯합니다. 그러니 며칠 안정을 취하도록 하십시오."
"네. 감사합니다."
의원은 그리 말하고는 방에서 나갔다.
함께 방 안에 있던 백문 빈객당주가 나에게 사과했다.
"일이 이렇게 되어 정말 송구합니다."
"아닙니다. 불가항력적인 일이었습니다. 저, 그런데 안정을 취해야 한다는 의원의 말도 있었고 하니, 며칠간 더 이곳에서 머물러야 할 듯합니다."
"당연히 그리하셔야지요."
빈객당주가 조치를 취해 두겠다고 하며 방에서 나갔다.
그러자 침상에 누워 있던 팔갑이 피식 웃으며 작은 목소리로 말했다.
"도련님, 제 연기 어땠습니까요?"
그 말에 나도 모르게 피식 웃으며 팔갑에게 말했다.

"어후! 깜짝 놀랐잖아."

빈말이 아니라, 팔갑과 매일 붙어 있는 나이기에 알아차린 것이지, 다른 사람이었으면 절대 알아차리지 못했을 거다.

"가만 보니 도련님께서 이곳에 좀 더 머무르고 싶어 하시는 것 같아서 말입니다요."

"그걸 어떻게 알았어?"

"요즘 배우는 그 비급에 상대의 표정을 보고 생각을 알아차릴 수 있는 방법이 있습니다요. 역시 그 비급을 익히기 잘한 듯합니다요."

사부님의 말씀대로였다.

역시 팔갑은 팔갑이다.

그런데, 내가 그렇게 표정 관리를 못 하는 사람이 아닌데, 그걸 알아차렸다고?

진짜 재능이 있구나.

"하지만, 앞으로 그러지 마. 나 때문에 네가 일부러 다치는 건 싫어."

"하나도 아프지 않습니다요. 그 비급에 안 아프게 맞는 법 같은 것도 있어서 말입니다요."

그 비급에 그런 내용도 있었나?

"그래서 말인데, 며칠 정도면 되겠습니까요?"

"한 사흘?"

"알겠습니다요."

그때 누군가의 기척이 들려, 우리는 얼른 대화를 멈추었다.

문밖에서 누군가의 목소리가 들렸다.

"팔갑 시주에게 상해를 입힌 두 제자가 사죄를 위해 찾아왔습니다."

"들어오세요."

곧 문이 열리고 두 명의 제자가 방 안으로 들어왔다.

우리를 안내해 주었던 무운 도장과 동년배로 구성된 이십육 대 제자들이다.

이미 아까 사죄를 했지만, 교관과 같이 정식으로 사죄하기 위해 온 듯했다.

"죄송합니다."

"정말 죄송합니다."

그들은 머리가 바닥에 닿을 정도로 고개를 숙여 사죄했다.

"아까도 말했듯이 불가항력적인 일이었습니다. 그러니 그리 괘념치 마십시오."

나는 그들을 데리고 온 교관에게 말했다.

"그러니, 두 도장께 벌을 주지는 말아 주십시오. 간곡히 부탁드립니다."

나는 교관에게 고개를 숙였고, 이에 교관이 마주 포권하며 말했다.

"공께서 그리 말씀하시니, 알겠습니다. 이 일은 불문에 붙이겠습니다."

"감사합니다."

그 말에 두 제자의 안색이 밝아졌다. 나는 그들에게 말했다.

"소상이 두 도장께 부탁드릴 것이 있습니다."

"말씀하세요."

"경청하겠습니다."

"오늘 두 분이 검을 맞댄 곳은 연무장이 아니었다고 들었습니다."

오늘 사고가 일어난 곳은 연무장도, 연무장 근처도 아니었다.

그렇기에 우리는 그곳을 지나갔던 것이다.

연무장이었으면 거길 피해 갔거나, 좀 더 주의하면서 지나갔겠지.

"아직 혈기가 왕성할 때이고 호승심도 클 나이이니 연무장이 아닌 다른 곳에서 검을 맞댄 것은 이해합니다."

내 말에 그 둘의 얼굴이 붉어졌다.

"앞으로 무림에서 활약하시다 보면, 오늘처럼 예기치 못한 피해를 주변에 주실 일이 많아질 것입니다. 오늘은 부러진 목검이지만, 훗날에는 빗나간 검기일 수도 있겠지요."

"……."

"그것들은 무공을 모르는 일반 사람들에게 무척 치명적입니다. 건물이 부서지는 것을 넘어, 사람이 죽거나 다칠 겁니다."

"……."

"훗날, 두 분의 목숨이 경각에 달린 경우라면 할 수 없지만 그런 상황이 아니라면 주변의 사정을 봐주셨으면 하는 소상의 작은 부탁입니다."

내 말에 교관이 옆에서 작게 고개를 끄덕였다.

그들도 아는 것이다.

무림인은 언제든 주변을 파괴시킬 수 있는 존재라는 것을.

그는 잠시 흐뭇하게 웃고는 내게 포권했다.

"과연 선협미랑 공이십니다. 제가 제 명예를 걸고 선협미랑 공의 말대로 본문의 제자들이 민간인들에게 폐를 끼치지 않도록 지도하겠습니다."

"소상의 말에 귀를 기울여 주시니 감사할 따름입니다."

내가 포권하며 인사하자, 두 제자도 마주 포권하며 대답했다.

"유념하겠습니다."

"저 역시 유념하겠습니다."

그렇게 부드럽게 이야기가 마무리되고, 교관과 도장들이 방에서 나갔다.

팔갑 덕분에 이곳에 머무를 수 있는 명분은 마련됐다.

이제 혈겁을 어떻게 막아야 할지를 고민해 봐야겠지.

지금 내가 생각할 수 있는 방법은 두 가지이다.

하나는 혈겁의 원인이 되는 혈교인을 없애는 것이지만, 현실적으로 불가능한 일이다.

상대의 자세한 정체도 모르거니와, 무당파에서 그 혈교인을 죽이지 않고 유폐했는데 그 이유도 모른 채 내가 나서서 죽일 수는 없는 노릇이다.

그러니 남은 방법은 하나뿐.

혈교인이 몸을 회복하여 탈출하는 것을 막는 것이다.

물론 가장 최선의 방법은 영약을 훔치는 것.

아예 그 충돌이 일어나지 않게 하는 게 가장 좋은 방법이니까.

나는 피를 보는 게 싫은, 평화를 사랑하는 사람이다.

* * *

연천촌.

무당산 자락에 위치한 마을이지만, 그 마을이 언제부터 생겨났는지는 아무도 몰랐다.

그냥 한 명 두 명 사람들이 모이다 보니 이렇게 자연스럽게 마을이 형성된 것이다.

여느 마을처럼 농사를 짓고 산나물을 캐는, 별다를 것이 없어 보이는 마을이었다. 그러나 왠지 그곳으로 가까이 다가오는 산짐승은 없었다.

사람을 해하기 위해 찾아오는 호랑이도 없었다.

어느 오후.

그 마을의 한 창고에 열댓 명 정도의 사람들이 모여 있었다. 그들 가운데에는 상자 하나가 놓여 있었다.
"그러니까, 그것이 신령혜복실(神靈惠復實)이라는 것이오?"
그 물음에 그들의 수장이 고개를 끄덕였다.
신령혜복실.
그것이 그들의 손에 들어온 건 며칠 전이다.

.

.

.

연천촌에 터를 잡기 시작한 그들에게는 목적이 있었다.
그건 바로 무당파에 유폐된 그들의 교주를 구하기 위해서이다.
하여 그 기회를 잡기 위해 무당파와 멀지 않으면서도 딱히 눈에 띄지 않는 곳에 자리를 잡은 것이다.
무당파에서 저들의 교주를 죽이지 못한다는 건 알고 있기에 때를 기다리고 기다렸다.
하지만 그들의 교주가 유폐된 지 이십여 년이나 지났음에도 뚜렷한 성과를 내지 못하고 있었다.
그래서 답답해하던 중, 누군가 찾아와 말했다.

"그대들이 혈교주를 구출하려 한다는 건 알고 있소."
"가, 갑자기 그게 무슨 말이오!"
"그대들이 혈교의 살아남은 잔당이라는 것도."
그건 그 누구도 알아서는 안 되는 비밀!

그들은 다급히 그자를 공격했다.

챙!

채챙!

하지만 정체불명의 상대는 그들의 공격을 아주 가볍게 흘려 버리며 말했다.

"혈교주는 이미 단전이 파괴되고 사지의 근맥이 절단된 상태. 그 상태로 구출된다고 해서 그대들이 원하는 세상을 만들어 줄 수 있을 것 같소?"

"……."

그 말이 그들의 정곡을 찔렀다.

사실 그동안 그들은 막연하게, 교주만 구출하면 어떻게든 되리라고 생각해 왔다.

하지만 그럴 리가 없다.

단전이 파괴되고 사지근맥이 잘렸다는 건 무림인으로서의 삶이 끝났다는 의미.

그 상태로 구출해 봤자 할 수 있는 건 아무것도 없다.

기적이 일어나지 않는 이상.

"신령혜복실."

"……!"

"그것만 있다면 그대들의 교주가 몸을 회복할 수 있을 터이고, 그대들의 염원도 이룰 수 있겠지."

신령혜복실은 그 어떤 신체의 손상이든 원래대로 되돌려주는 영약이다.

당연히 무가지보의 영약.

그렇기에 그걸 자신들에게 주겠다는 상대의 말을 쉽게 믿을 수가 없었다.

"어째서 우리에게 그걸 준다는 것이오?"

"무당파가 마음에 들지 않아서 말이오."

"그런 것을 무당파가 마음에 들지 않는다는 이유만으로 우리에게 제공하지는 않을 것 아니오? 원하는 게 무엇이오?"

"그리 어려운 부탁은 아니오."

역시 대가가 없는 것이 아니었다.

"그 부탁이란 것이 무엇인지 들어 보고 싶소."

"하나는 최대한 자비 없이 날뛰라는 것. 다른 하나는 나중에 내가 추천하는 이를 자네들의 무리에 넣어 달라는 것뿐이오."

"……"

"아, 그리고 내가 무당파에 심어 놓은 자를 통해 이 일이 성공할 수 있도록 돕겠소."

어차피 교주를 구출하고 복수하려면 날뛰어야 한다.

그들에게 손해가 없는 조건이다.

게다가 그들을 도와주기까지 한다니!

그들은 제안을 순순히 받아들였고, 얼마 뒤 그가 추천하는 자가 신령혜복실을 가지고 왔다.

그들은 신령혜복실을 창고 가운데 놓고 엄중하게 관리 중이었다.

이렇게 대놓고 관리하는 편이 더 안전했으니까.

그리고 조력자의 협조를 얻어 유폐된 혈교주와 연락했다. 피리 소리를 통해 일의 진행 상황을 전해 준 것.

이제 그날이 얼마 남지 않았다.

그때 문밖에서 소란스러운 소리가 들렸다.

"어, 어, 어, 무당파의 제자들이 오셨네!"
"어떻게 이곳까지!"
"어서 오십시오."
"와! 저분이 그 선협미랑 소협이시라고?"
"잘생기셨네."

그 소리에 그들은 서로를 바라보았다. 그 얼굴에 당혹감이 역력했다.

'아니, 왜?'
'그동안 오지 않다가 왜 지금에서야?'
'혹시, 들킨 건 아니겠지?'

만약 그랬다면 이렇게 조용하게 오지는 않았을 터.

그들의 시선은 가운데 있는 신령혜복실로 향했고, 얼른 창고 구석에 그걸 숨겼다.

* * *

우리는 연천촌에 도착했다.

이곳으로 백천상단의 자금이 흘러 들어갔다는 허운 각원의 말이 있었기 때문이다.

하지만 무작정 갈 수는 없었다.

팔갑이 꾀병이기는 하나, 대외적으로는 병석에 누워 있는 상황이라 내가 불가피한 상황이 아닌 이상 자리를 비우면 이상하게 여길 터.

하여 팔갑에게 필요한 약초를 찾으러 간다는 명목으로 숙소를 나섰다.

미리 파악한 지리에 의하면, 산을 타면 생각보다 가까운 거리에 연천촌이 있기 때문이다.

그런 나에게 무당파에서는 두 제자를 붙여 주었는데, 내 안내를 맡았던 공륜 도장과 그와 같은 배분의 공진 도장이다.

"두 도장께서 이렇게 저를 위해 따라와 주시다니! 감사할 따름입니다."

"본문에서 일어난 일로 인해 팔갑 시주께서 그리되셨는데, 미력하나마 이렇게라도 도움을 드려야지요."

나와 달리 그들은 검을 차고 있었다.

무당파의 영역에서 무기를 지닐 수 있는 건 오직 무당파의 이들 뿐이었기 때문이다.

우리의 무기는 아직 해검지의 병장기를 보관하는 곳에 있다.

지금 내 곁을 따르는 호위는 서우 무사와 여응암 무사다.

다른 둘은 팔갑의 간호 겸, 만약을 대비하여 숙소에 남겨 두었다.
 우리는 눈 쌓인 산을 헤치며 약초를 찾았다.
 "아! 저기에 약초가 있군요. 이 약초가 타박상에 아주 좋습니다."
 "그렇습니까?"
 "질 좋은 약재를 구하려면 은해상단에 가라는 말이 그냥 하는 말이 아니군요. 역시 은해상단의 자제분이십니다."
 "과찬이십니다."
 그렇게 우리는 약초를 캐 가면서 의도한 쪽으로 나아갔다.
 곧 한 마을을 발견했다.
 "마을이군요."
 "네, 평화롭고 조용한 마을이라고 들었습니다."
 "잘 되었군요. 가서 몸을 녹이고 물이라도 한 잔 얻어 마셔야겠습니다."
 우리는 마을 안으로 들어갔다.
 그 순간,
 "……!"
 나는 입을 막았다.
 무척이나 진한 피비린내가 느껴졌기 때문이다. 그와 동시에 내 의지와 상관없이 내공이 움직이기 시작했다.
 보통 흑도인들을 마주하면 역겨움이 느껴졌는데, 지금 내가 느끼는 건 그것과 비슷하면서도 다른 감각이었다.
 역겨우면서도 피비린내가 가득한.
 "괜찮으십니까?"

"아, 네. 괜찮습니다."

공륜 도장의 물음에 나는 표정을 관리하며 대답했다.

절정에 올랐기에 참을 수 있었지, 그러지 않았다면 속을 게워 내고 말았을 거다.

대체 왜 피비린내가 진하게 풍겨 오는 걸까?

하지만 나와 동행한 다른 이들은 무척이나 멀쩡해 보였다.

"오랜만에 산을 타느라 좀 무리한 듯합니다."

"그러셨군요."

"저곳에서 잠시 쉬는 게 좋겠습니다."

그때 마을 사람들이 우리에게 자신들의 집에 머물기를 청했고, 우리는 그 청을 받아들였다.

화톳불 앞에서 따뜻한 물을 마시자 조금 속이 진정되는 듯했다.

무의식적으로 소매를 쓰다듬다가 이상함을 느꼈다.

금령, 이 녀석은 어딜 간 거지?

녀석을 찾으려고 주변을 둘러보다가 기억이 났다.

이곳에 들어오기 전에 금령에게 '혹시 이곳에 영약이 있는지 찾아 봐 줘.'라고 했다는 것을.

녀석, 벌써 일하러 갔나 보군.

* * *

그 시각.

금령은 뿔뿔거리며 주변을 탐색하고 있었다.

그러던 그때, 금령의 코가 실룩였다.

영약을 기가 막히게 찾는 그의 코가 반응한 것이다.

사실 금령의 코는 '값비싼' 것을 찾는 데 특화되어 있다. 그리고 영약 역시 비싸다.

금령은 자신의 코가 반응한 곳을 향해 도도도 달려갔고, 곧 어느 창고 안으로 들어갔다.

"그래서, 무당파의 말코도사들은 대체 언제 간다는 거야?"
"그걸 내가 아나?"
"뭐, 오래 머무르지는 않겠지."
"하긴, 내일 종남파로 떠나려면……."

그렇게 이런저런 대화를 나누던 이들은 교대를 위해 분주하게 움직였다.

그리고 금령은 때를 놓치지 않았다.

창고 안에 숨겨져 있던, 노란 열매 같은 것을 찾아낸 것이다.

금령은 고개를 갸웃하다가 입에서 뭔가를 토해 냈다.

아까 산에서 발견한 열매이다.

보통 겨울이면 모든 열매가 떨어지기 마련인데, 그 열매는 그대로 매달려 있었던 것.

은서호는 그 열매에 독이 있다면서 따지 않았지만, 금령은 독 같은 것에 영향을 받지 않았고 또 노란색이 황금색을 닮아서 가지고 놀기 위해 따 왔던 거다.

무당파에 방문하다 〈253〉

그걸 그 자리에 놔두고는 원래 있던 노란 열매를 입에 물고 조용히 사라졌다.

35장. 혈검의 목적

혈겁의 목적

 마을 사람들은 무당파의 제자들을 극진하게 대접했다.
 그것만 봐도 무당파 주변 마을에서 무당파가 어떤 의미인지 알 수 있었다.
 그렇게 쉬고 있는데, 소맷자락 속에서 뭔가 꿈틀거리는 것이 느껴졌다.
 손을 집어넣어 보니, 어느새 금령이 내 소매 안에 들어와 있었다.
 이 녀석은, 참 종횡무진이네.
 그런데 내 소매 안에 넣은 손을 연속해서 두들기는 것을 보니, 뭔가 할 말이 있는 듯했다.
 나는 자리에서 일어났다.
 "잠시 뒤 좀 보고 오겠습니다."
 "그러십시오."

나는 조용히 인적이 드문 곳으로 향했다.

"금령아. 나와 봐."

내 부름에 금령이 고개를 쏙 내밀었고, 내 손에 뭔가를 내려놓았다.

황금빛으로 빛나는 열매를 보고는 놀라서 금령에게 말했다.

"이건 독이 있는 거잖아! 이거 먹으면 큰일······."

아니다.

무척 흡사했지만, 꼭지가 검붉은색이었고 자세히 봐야 알아차릴 수 있는 하얀색 반점 같은 것이 보였다.

"······!"

이건 신령혜복실이다.

"이거 어디서 찾았어?"

내 물음에 금령은 바닥으로 내려와 꼬리로 어딘가를 가리켰다.

그리고 앞발로 네모를 그렸고, 그 안에 동그라미를 그렸다.

저기 어딘가 상자 안에 있던 것을 가지고 왔다는 거구나.

백천상단이 구입했다는 의문의 영약이 바로 내 손에 있는 이것이 틀림없었다.

이 열매에 피비린내 나는 기운이 묻어 있는 것을 보니 확실하다.

나는 그걸 얼른 내 비밀 창고에 집어넣었다.

혹시라도 내가 가지고 있는 것을 들키게 된다면 원치

않은 충돌이 벌어질 수도 있으니까.

뭔가 가슴이 벌렁거렸다.

금령 덕분에 혈교인의 몸을 회복시킬 방책을 쉽게 가로챌 수 있었지만, 아직 안심할 수는 없었다.

내가 아는 무림맹은 목적을 위해서라면, 다른 영약을 구해서 가지고 올 자들이니까.

게다가 이곳에는 불순한 목적을 가진 이들이 있다.

하지만 겉보기에는 무척이나 선량한 이들이며, 또한 이 마을에 사는 이들 모두가 그런 것도 아니다.

나와 무당파의 이들에게 쉴 곳을 제공해 준 마을 사람 역시 평범한 주민이고.

오직 나만이 구분할 수 있고, 내 말을 증명할 방법도 없다.

그렇다면 방법은 하나뿐.

저들이 무슨 수작을 부릴 때 처리하는 것이다.

현행범이라는 말이 괜히 있는 게 아니니까.

"꾸이! 꾸이!"

금령은 나를 보며 눈을 빛냈다. 마치 칭찬을 바라는 듯한 눈빛.

"그래, 잘 했어."

"꾸이?"

이번에는 그냥 공짜로 일을 해 주려나 했는데, 그냥 안 넘어가네.

참 이런 면에서는 철저한 녀석이다.

나는 주머니에서 은자 하나를 꺼내어 주었고, 금령은 그걸 날름 삼켰다.

우리는 일정을 마무리하고 무당파로 돌아갔다.

다음 날, 아침.

나는 침상에서 일어나 운기조식을 했다.

무당산의 정기가 맑아서 그런지 운기조식을 통해 들어오는 기운이 무척 깨끗하게 느껴졌다.

운기조식을 마쳤을 때 밖에서 이필 무사의 목소리가 들렸다.

"주군, 아침 드실 시간입니다."

"네. 나갑니다."

* * *

무당파의 장문인 진선은 높은 누각에 서서 가만히 아래쪽을 내려다보고 있었다.

무당파에서 가장 높은 이 누각에 올라서면, 이렇게 모든 전경이 한눈에 보였다.

"장문인."

그런 그를 부르는 목소리에 고개를 돌렸다.

"진정 장로."

그에게 다가온 사람은 진정 장로였다.

"무슨 고민이 있기에 여기 계시는 겁니까?"

그 물음에 장문인은 너털웃음을 지으며 말했다.
"그래서 오신 겁니까? 내가 걱정이 되어서?"
"당연한 것 아닙니까?"
장문인의 도명은 진선.
그 말은 즉, 장문인과 진정 장로는 같은 배분이라는 의미다.
동갑내기였고, 아주 어릴 때부터 동고동락한 사이기에 알 수 있다.
장문인 진선에게 고민이 있을 때면 이렇게 높은 곳에 올라와 아래를 내려다보는 버릇이 있음을.
그래도 장문인이 되면서 자리를 오래 비울 수 없었기에 다행이었다.
장문인이 되기 전에는 무당산의 가장 높은 봉우리에 올라가 있어서 그를 찾느라 제법 고생하곤 했으니까.
"조반은 드셨습니까?"
"먹었소. 장로는 드셨소?"
"네."
진정 장로는 고개를 끄덕이고는 조심스럽게 물었다.
"그래서 무슨 고민이십니까?"
장문인은 무겁게 한숨을 내쉬며 말했다.
"아무래도 감이 좋지 않소."
"네?"
"내가 이번에 자리를 비우게 되지 않았소? 그 때문인지 모르겠는데 영 불안하오."

진정 장로가 그를 안심시키듯 다독였다.
"그래도 별일 없을 겁니다. 저희는 무당입니다."
"그렇긴 하오."
이번에 무당파는 장문인과 여러 장로들이 이십사 대와 이십오 대 제자들을 데리고 종남파로 가야 했다.
두 문파의 친선 비무회 때문이다.
아주 오래전부터 시작된 친선 비무회는 매년 가을마다 있는 행사이다.
작년 가을에 비무회가 있을 예정이었지만, 종남파의 사정 때문에 일정이 뒤로 밀려서 연초에 비무회가 열리게 되었다.
그래서 곧 종남파로 출발해야 했다.
그런데, 아무리 생각해도 뭔가 찜찜하면서도 불안했다.
사실 그는 어젯밤, 꿈에서 진무대제를 뵈었다.
감격하는 그와는 달리 진무대제의 표정은 잔뜩 굳어 있었다.
그래서 뭔가 불안했다.
좋지 않은 일이 벌어질 것 같은 예감.
'진무대제께서 내 꿈에 나타나신 것이 뭔가 경고하시기 위함이 아닐까 하는 생각이 강하게 드는데 말이지. 아, 그러고 보니……'
그에게 진무대제가 말했다.

"당돌한 은씨 놈을 믿어라."

그 말을 했을 뿐인데, 대체 그게 무슨 의미인지 알 수 없었다.
그와 함께 풍겨 오는 짙은 혈향.
그것이 그를 더욱 불안하게 했다.
'피라고 하니, 그 망할 혈교주가 떠오르는군.'
당장 죽여 버리고 싶었지만, 어쩔 수 없이 유폐해 놓은 혈교주.
생각이 그에 닿은 장문인은 진정 장로에게 물었다.
"그것은, 여전히 그러하오?"
그 물음에 진정 장로는 무엇을 말함인지 알아차리고 대답했다.
"여전히 그러합니다."
"솔직히 나는 불안하오. 할 수 없이 그렇게 유폐하긴 했지만 언제 터질지 모르는 폭천뢰 같은 것이 아니오?"
"그건 그렇습니다."
잠시 말없이 뭔가를 생각하던 장문인이 진정 장로에게 물었다.
"그러고 보니, 은서호 공자의 시종이 본문 제자가 날린 목검에 맞았다던데."
"네. 그렇습니다. 다행히 크게 다치진 않았다고 합니다."
"무당파를 둘러보고 싶다고 해서 허락해 줬는데, 그거참

아쉽게 되었군. 중간에 일정이 중단되었을 것 아니오?"
"그렇지 않겠습니까?"
"……은서호 공자를 본 적 있소?"
"네. 우연히 보았는데, 그토록 젊은데도 혜안이 깊다는 생각이 들었습니다."
"무슨 일이 있었기에 혜안이 깊다는 것이오?"
"그건……."
진정 장로는 자신이 보고 들은 은서호의 모습에 대해 말했고, 장문인은 감탄하며 고개를 끄덕였다.
"그런 일이 있었다니, 참으로 아깝군요. 정말 기운도 맑아 보였는데, 그런 혜안까지 가지고 있다니! 본파의 제자가 되었다면 무당의 이름을 전 중원에 떨쳤을 텐데."
"저도 그러고 싶었습니다."
진정 장로도 아쉬움을 토로했다.
은서호가 다른 무공을 익히지 않았다면, 그 나이와 상관없이 입문을 권유했을 터.
장문인은 물론, 진정 장로도 초절정의 경지에 오른 고수들.
그래서 두 사람은 은서호가 벌써 절정에 오른 고수임을 알고 있었다.
며칠 전, 장문인은 은서호가 기부를 하며 무당파를 둘러보고 싶다는 청을 했을 때 살짝 의심했다.
하지만 그를 관조해 보자, 깜짝 놀랄 정도로 맑고 정순한 기운이 느껴져 흔쾌히 승낙했다.

그리고 지금은 자신의 꿈에 진무대제께서 나타나 말한 당돌한 은씨 놈이 누군지 알 것 같았다.

'그렇게 맑고 정순한 기운을 가진 이라면, 믿어도 되겠지.'

그는 진정 장로에게 말했다.

"은서호 공자에게 며칠 더 이곳을 둘러볼 수 있게 해 줘야겠소. 그리고 내가 없는 동안, 이곳을 잘 부탁하오."

"알겠습니다."

* * *

우리가 빈객당의 식당에서 아침 식사를 마치고 차를 음미하고 있을 때, 갑자기 백문 당주가 찾아왔다.

"저번에, 사고로 인해 본문을 전부 둘러보지 못했다고 들었습니다."

"아, 네, 그랬습니다."

"이를 안타깝게 여기신 장문인께서 며칠 더 본문을 둘러볼 수 있도록 해 주신다고 하셨습니다."

"그게 정말입니까? 사실, 아쉽지만 포기하고 있던 참이었습니다."

안 그래도 한 번 더 안에 들어가고 싶었다.

아무리 생각해도 내부에 무림맹의 조력자가 있는 것이 확실했으니까.

그러니 그 조력자를 찾아내야 혈겁을 막을 수 있다.

내가 신령혜복실을 가로챘지만, 이것으로 완전히 일이 해결되었다고는 할 수 없었으니까.

우리의 안내를 위해 온 사람은 처음 보는 이였다.
"저는 호청대의 명국(明菊)이라고 합니다. 은서호 공자 일행을 안내하라는 장문인의 명을 받고 왔습니다."
"은해상단 소단주 은서호입니다."
우리는 목에 허가패를 패용하고 무당파 안으로 들어갔다.
그런데, 평소와 달리 경내가 뭔가 들떠 있는 듯한 분위기였다.
"전보다 오늘이 더 활기차게 느껴집니다."
"아마도, 종남파와의 비무회 때문에 그럴 겁니다."
"비무회라면 이십오 대 제자들이 참석하는 겁니까?"
"이십오 대 제자들과 이십사 대 제자들이 참석합니다."
그래서 공륜 도장이 아닌, 새로운 사람이 우리를 안내하기 위해 온 거구나.
이십육 대 제자인 무운 도장은 아직 안내를 맡기에는 모르는 게 많을 터이고.
"그래서 장문인과 몇몇 장로님들이 제자들을 이끌고 종남파로 향하십니다."
그 말에 내 의문 하나가 풀렸다.
내 이전 삶에서 날뛰는 혈교인을 무당파에서 왜 막지 못했는지 궁금했는데, 그 이유가 있었다.

장문인을 비롯하여 상당수의 고수들이 비무회 때문에 종남파에 가 있었기 때문이다.

하지만 이내 드는 의문.

그 당시 일이 벌어진 건 가을이었는데? 지금은 벌써 해를 넘긴 겨울이다.

그런 내 의문은 명국 도장에 의해 풀렸다.

"원래 가을에 치러지는 행사인데, 이번에는 종남파에 일이 있어서 이렇게 몇 달 미뤄졌습니다."

"그랬군요."

그렇다면 무림맹에서 뭔가 수를 써서 이번 비무회의 일정이 늦춰지게 한 것일 터.

"그래서 제자들이 수련에 열을 올리고 있고, 또 그런 분위기 때문에 어린 제자들이 허가되지 않은 구역에서 비무를 한 듯합니다."

"그 나이대라면 충분히 그럴 수 있죠."

우리는 저번에 보지 못했던 곳을 위주로 둘러보았다.

그렇게 이곳저곳을 살펴보는 가운데 한 전각에 당도했다.

"이곳은 어디입니까?"

"진무대제를 모시는 곳입니다. 이쪽으로 들어가시면 됩니다."

우리는 그 전각 안으로 들어갔다. 그리고 전면에 걸려 있는 그림을 보았다.

검은색 옷을 입은, 매서운 얼굴이었는데 그 그림에서 느껴지는 기세가 꿈에서 느꼈던 기세와 무척이나 흡사하였다.

내 꿈에 나타나셨던 분이 진짜 진무대제이셨던 건가?

음, 그러면 사기는 안 치시겠네.

그렇게 실없는 생각을 하며 그곳을 나와 다른 전각으로 향했다.

.

.

.

그렇게 오후 내내 무당파를 둘러보았지만, 딱히 의심되는 사람이 보이지 않았다.

하긴, 쉽게 찾을 수 있었다면 지난 삶에서 그런 일이 벌어지지 않았겠지.

그럼, 온종일 그곳에 신경을 집중하고 있어야 한다는 거구나.

나는 목에 패용한 허가패를 다시 명국 도장에게 돌려주었다.

하지만 그는 허가패를 받지 않았다.

"그냥 가지고 계십시오."

"네? 이건 당일 반납이라고 들었습니다만."

"원칙적으로는 그렇습니다만, 장문인께서 특별 지시를 내리셨습니다. 장문인께서 돌아오시기 전까지 가지고 있으시라고 하셨습니다."

"그렇군요. 알겠습니다."

뭔가 장문인이 내 의도를 알고 그리 조치하신 건가 싶었다.

명국 도장은 내게 재차 주의를 당부했다.
"그 허가패, 잃어버리지 않도록 조심하십시오."
당연히 조심해야지.
이거 잃어버리면 뭔가 일이 생겨도 저 안으로 들어갈 수 없을 테니까.
"그 허가패는, 단순한 출입 가능 여부만이 아니라 이 무당파의 영역에서 무기를 지닐 수 있음을 허가한 것이기 때문입니다."
"……!"
무당파의 영역에서 무기를 지닐 수 있다는 것은 생각보다 그 의미가 컸다.
이 허가패, 잃어버리지 않도록 진짜 조심해야겠군.

* * *

삐익! 삐이익!

피리 소리가 들렸다.
유폐되어 있던 혈교인, 아니 혈교주는 눈을 떴다.
드디어 때가 되었다.
그는 천천히 머릿속으로 자신이 익혔던 무공들의 구결을 떠올렸다.
몸을 회복한 후, 곧바로 무공을 사용할 수 있도록.
끼이이이익.

식사를 넣어 주던 작은 구멍으로 평소와 다른 것이 전해졌다.
 그것은 황금색 열매였다.
 혈교주는 씨익 웃었다. 자신이 전해 받은 대로 영약이 자신의 앞에 당도한 것이다.
 그는 황금색 열매를 들어, 꿀꺽 삼켰다.
 열매는 달콤함을 남기고 녹아 입안에서 흔적도 없이 사라졌다.
 그와 동시에 몸 안에 영약의 기운이 맴돌기 시작했다.
 그 영약의 기운을 받아들이기 위해 운기조식을 했다.
 몸이 회복되면, 자신을 결박한 사슬과 이 빌어먹을 전각을 부술 것이다.
 그리고 무당파를 철저하게 파괴해 버릴 것이다.
 자신을 이십여 년 동안이나 이곳에 가둔 무당파와 세상에 대한 복수를 시작할 것……
 꾸루룩.
 "으윽!"
 갑자기 배에 몰려오는 통증.
 설마……?

　　　　　　　＊　＊　＊

 그 시각, 연천촌에서 평범한 마을 사람들로 위장해 살고 있던 혈교인들은 무당파를 향해 움직였다.

오늘이 바로, 약속된 '그날'이었기 때문이다.

"드디어 오늘 혈교의 역사가 다시 시작된다."

그들을 이끄는 역할을 하는 이의 말에 그들은 오른손 주먹으로 자신의 심장을 두들기며 외쳤다.

"혈교천하(血敎天下)! 혼세진리(混世眞理)!"

혼세가 와야 그들이 원하는 세상이 도래하기에, 일부러 혼세를 만드는 자들이 바로 혈교이다.

그런 그들의 무공은 피와 연관되어 있었고, 그렇기에 혈교라는 이름으로 불렸다.

그건 일종의 멸칭이었지만, 혈교인들은 그 이름을 마음에 들어 했다.

그들의 정체성을 잘 보여 주는 이름이었으니까.

"우리가 원했던 건 혼세 다음에 올 세상, 그뿐이었다. 하지만 세상은 그런 우리를 원하지 않았고 우리를 핍박했다. 하지만 이제 더 이상 핍박받으며 숨어 살던 삶은 끝이다. 우리를 이끄시던 그분께서 다시 우리를 이끌어 주실 테니까."

인내하고 또 인내했던 세월이 주마등처럼 눈앞을 스쳐 지나갔다.

하지만 이제, 인내의 시간이 끝났다.

저 멀리서 북이 울리는 소리가 들렸다. 약속된 시간이 된 것이다.

그들은 몸을 회복한 그들의 교주를 맞이하기 위해 무당파로 달려갔다.

* * *

 빈객당의 숙소에서 깜빡 잠들어 있던 나는 벌떡 몸을 일으켰다.
 이 역겨운 혈향…… 혈교인들이 움직인 것이다.
 곧바로 문을 열고 나가자, 문 앞에서 호위를 하고 있던 서우 무사가 내게 물었다.
 "무슨 일이십니까?"
 "지금 당장, 저 안으로 들어가야 할 듯합니다."
 내 말에 네 명의 호위무사들과 팔갑은 곧장 나를 따랐고, 곧 혈교인이 유폐된 곳인 쇠사슬과 금줄에 묶인 전각에 도착했다.
 그곳에서는 이미 격렬한 전투가 벌어지고 있었다.
 "물러서지 마라!"
 "혈교의 영광을 위하여!"
 챙-!
 까가강-!
 깡-!
 냉병기 부딪치는 소리가 요란했다.
 "어떻게 할까요?"
 여응암 무사의 물음에 나는 살짝 고민했다.
 이미 치열한 난투가 벌어지고 있었고, 까딱하다가는 눈먼 칼에 목숨을 잃을 가능성도 상당했다.

그렇기에 호위무사들에게 전투에 참가하라고 말하는 것이 망설여졌다.

그때 서우 무사가 말했다.

"저희는, 주군의 호위들입니다. 지금 이 상황에서 주군의 안위를 지키는 것이 최우선이라고 봅니다."

그 말에 다들 고개를 끄덕였고, 나는 곧바로 나서지 않았다.

"일단 잠시 상황을 지켜보죠."

"알겠습니다."

내가 잠시 상황을 지켜보자고 한 건, 친선 비무회에 따라가지 않은 장로들이 참전하며 무당파 쪽으로 승기가 기울기 시작했기 때문이다.

그리고, 무림맹의 조력자를 찾아야 했다.

"……!"

그때였다.

"에잉! 대체 언제까지 기다리게 할 셈이야!"

딱 봐도 무당파의 장로로 보이는 누군가가 그리 외치며 아군을 베어 버린 것이다.

뭐야?

무림맹의 조력자가, 무당파의 장로였어?

제길, 그러니까 내가 알아차리지 못했지.

그 초유의 사태에 모두 놀라 그 장로를 바라보았고, 전에 만난 적 있던 진정 장로가 그에게 호통을 쳤다.

"진구 장로! 지금 미쳤소?"

"내 행동에 대해 변명할 생각 없소. 어차피 설명해 봤자 이해하지도 못할 테니까."

"이해하지 못할 행동은 왜 하는 것이오!"

그 물음에 진구 장로가 불린 자는 검을 들어 전각을 향해 휘둘렀다.

콰앙-!

그와 동시에 날아간 검기가 전각을 부수었다.

"이, 이게 무슨 짓이오! 저곳에는……!"

진구 장로는 대답 대신 짜증 가득한 얼굴로 혈교인들에게 말했다.

"가서 네놈들의 교주를 데리고 와라!"

"협력에 감사합니다!"

혈교인들은 기회를 놓치지 않았다.

일부가 전각의 지하로 들어갔고, 나머지는 무당파의 도사들을 막아 냈다.

곧 그들은 끔찍한 몰골의 한 남자를 데리고 지상으로 올라왔다.

"교주님! 정신 차리십시오!"

"영약의 기운을 받아들이셔야 합니다!"

그 말에 나는 놀랄 수밖에 없었다.

유폐된 혈교인이 혈교의 교주였다는 말이니까.

"끄응, 끄으윽……."

그런데 그 상태가 좀 이상했다.

"왜 그러십니까? 교주님……."

"파……."

"네?"

"배가, 배가 너무 아프다고! 끄으으윽!"

그 모습에 뭔가 짐작 가는 것이 있었다.

내가 연천촌에 갔을 때, 금령이 신령혜복실을 몰래 가져왔다.

그들에게 있어 중요한 것이 사라진 것이기에 곧 난리가 날 거라 생각해서 얼른 비밀 창고에 넣었다.

하지만 내가 연천촌을 떠날 때까지도 그들에게서는 전혀 동요함이 보이지 않았었다.

그렇다면 답은 하나다.

신령혜복실이 사라진 것을 몰랐다는 것.

그러면 왜 몰랐을까?

들키지 않을 만한 무언가로 금령이 바꿔치기한 것이겠지.

그럼 뭐로 바꿔치기 했을까?

이번에 내가 팔갑을 위해 약초를 캐던 중에 발견한 게 있었다.

신령혜복실과 구분하기 힘들 정도로 비슷한 황금색 열매.

맛있는 열매 혹은 영약처럼 보이지만, 사실 독초의 열매다.

그 이름은 금작독과(金灼毒果).

그걸 먹으면 혼절할 정도로 극심한 복통에 시달리게 된다.

그 고통이 마치 뱃속을 불로 지지는 것과 같다고 들었다.
만약 저 혈교주라는 자가 먹은 것이 그것이라면…….
음, 저렇게 데굴데굴 구르는 모습을 보니 그걸 먹은 게 확실해 보인다.
그 모습에 혈교인들이 발작적으로 외쳤다.
"우리를 속이다니!"
"대체 우리 교주님에게 무슨 짓을 한 거냐?"
"무슨 짓이라니? 나는 분명 자네들이 건네준 영약을 넣어 줬을 뿐이네."
그 말에 그들의 시선은 그들과 함께 하고 있던 한 남자에게 향했다.
"그럼, 네놈이 가짜 영약을 줬구나!"
"그, 그게 무슨, 나는 진짜 영약을 주었다!"
뭔가 일이…… 이상한 방향으로 흘러가고 있었다.
무당파 대 혈교 대 무림맹의 조력자.
이렇게 삼파전이 되어 버린 것이다.
그걸 보며 팔갑이 헛웃음을 흘렸다.
"이게 무슨 골 때리는 상황입니까요?"
"내가 하고 싶은 말이야."
금령이 신령혜복실을 슬쩍한 여파가 이렇게 나타날 줄이야.
아무튼 지금의 상황을 끝낼 분이 지금 오고 계실 거다. 이곳으로 올 때 금령에게 서신을 전하라고 했으니까.
세 세력은 줄타기를 하듯, 긴장한 상태로 서로 대치를

이어 갔다.

피아가 명확하지 않다 보니 서로 이러지도 저러지도 못하고 있는 거다.

그때였다.

"후! 어쩔 수 없나?"

진구 장로가 혈교인들에게 다가가며 말했다.

"사실, 내 계획은 교주가 난리를 치게 하다가 적당한 때 그 목숨을 취하려고 했는데 말이지."

"뭐라고?"

이에 반응한 것은 혈교인들이 아닌, 진정 장로였다.

"정말 미쳤군! 혈교주의 피가 뿌려진다는 것이 어떤 의미인지 모르나?"

"당연히 알고 있지. 혈교주의 피는 혈사공(血邪功)에 의해 저주받은 피. 그의 죽음으로 그 피가 이 땅에 뿌려지면 각 문파의 기둥이 흔들린다는 것을."

기둥?

그게 뭔지는 모르겠지만, 무당파에서 혈교주를 죽이지 않고 유폐한 이유는 알 수 있었다.

그때 진유 무사가 말했다.

"이전에, 혈교의 혈사공에 대해서 들어 본 적이 있습니다."

"네?"

"혈교의 목표는 이 세상에 혼세를 불러오는 것. 그 목적을 위해서는 산 제물이 필요하고, 그 산 제물은 혈교주입니다."

진유 무사가 조용히 말을 이었다.

"오직 혈교주만이 익힐 수 있는 혈사공의 완성은 그 혈교주가 산 제물이 되는 겁니다. 진구 장로의 말대로라면 저 혈교주가 혈사공을 대성하여 그 완성을 앞두고 있는 듯합니다."

그리고 보니, 내 이전 삶에서 혈교주로 인한 혈겁이 무림맹에 의해 마무리되었을 때부터 이상하게 기존의 대문파들이 흔들리기 시작했다.

나는 이번 혈겁의 목적을 알 것 같았다.

혈교주에게 영약을 줘서 그 몸을 회복시키면 당연히 그 분노는 자신을 가둔 이들에게 향할 터.

그러면 무당파에 엄청난 피해를 끼칠 테고, 이어서 저들이 바라는 혼세를 불러오기 위해서 주변에도 학살을 자행할 거다.

그리고 적당한 시기에 무림맹에서 나서서 그를 토벌한다면 무림맹의 명성이 높아질 것이다.

동시에 이 땅에 혈교주의 피를 뿌림으로써 각 문파의 기둥을 흔들어 버리고, 세력을 약화시키는 것이다.

하지만…… 의아한 부분이 있었다.

무림맹은 정파 무림의 연합으로, 저들의 힘이 약해지면 무림맹 역시 약해진다는 의미다.

그건 스스로의 힘을 갉아먹는 건데?

그와 동시에 드는 다른 생각.

그간 내가 마주치거나 알아낸 무림맹의 조력자들은 대부분 흑도의 기운을 지니고 있었다.

설마…… 무림맹이 흑도?

이전에도 이런 생각을 한 적이 있었지만, 내가 생각해도 이건 너무 갔다.

나는 고개를 흔들어 생각을 떨쳤다. 그사이 상황은 더욱 격화되었다.

"그걸 알면서 어찌 그런 짓을!"

진정 장로의 외침에 진구 장로가 씩 웃었다.

"각 문파를 수호하는 기둥이 흔들린다는 건, 다른 말로 하면 새로운 질서가 만들어질 수 있다는 의미."

"……."

"그동안 우리 무당파는 이 정파 무림의 양대 산맥임에도 너무 희생만 해 왔지. 우리가 왜 그래야 하지? 군림할 수 있는데 어째서 희생만 해야 하지?"

"그게 이 정파 무림을 짊어진 자의……."

"아니! 나는 그걸 용납할 수 없다는 거다! 우리에게 희생만을 강요하는 저들에게 똑똑히 알려 주기 위해서다. 이 무림의 진정한 패자는 우리 무당파라는 것을!"

나는 진구 장로의 속셈을 알 것 같았다.

혈교주가 날뛸 때 그 혈교주를 베어 버림으로써 그와 무당파의 명성을 높일 생각이겠지.

이전 삶에서도 저자가 무림맹의 조력자였을 거다.

하지만 저자는 혈교주를 베기는커녕, 혈교주에게 참살

당했다.
 결국 무림맹에 이용당한 자일 뿐.
 진구 장로는 다른 무당파의 제자들을 보며 말했다.
 "내 말에 동의한다면 나와 함께 싸워라."
 그 말에 제자들의 눈동자가 흔들리기 시작했다. 그 말은 정말 그럴듯했으니까.
 타얏-!
 진구 장로의 검이 움직였다.
 그리고 그의 말에 동조하는 이들이 뒤따르기 시작했다.
 진정 장로는 그들에게 일갈했다.
 "정신 차려라! 이 무당은 군림하기 위해 존재하는 곳이 아니다!"
 하지만 이미 그들에게 진정 장로의 말은 먹히지 않았고, 결국 그는 진구 장로를 막기 위해 싸움에 뛰어들었다.
 챙-!
 까가강-!
 채챙-!
 다시금 시작되는 난투.
 내 생각대로라면 이제 슬슬 오실 때가 되었는데…….
 "갈(喝)!"
 그때, 누군가의 외침이 들리며 순간 싸움이 멈추었다.
 저벅, 저벅, 저벅,
 당당하게 걸어오는 이는 무당파의 진선 장문인이었다.
 금령이 내 서신을 제대로 전했구나.

난데없는 장문인의 등장에 진구 장로는 눈에 띄게 당황했다.

"아, 아니, 장문인이 여길 어떻게?"

"이상한 말을 하는군. 내가 못 올 곳이라도 온 것인가?"

"……."

"어쩐지 불길하다 싶었거늘, 이런 일이 벌어지다니!"

그는 진구 장로에게 다가가 주먹으로 그의 면상을 갈겨 버렸다.

빠악-!

그 상황에 모두가 당황했다.

장문인이 주먹으로 장로를 구타할 거라고는 생각도 못 했기 때문이다.

나 역시 놀랐다.

장문인께서 생각보다 화끈하시구나.

"멍청한 자식! 도사라는 놈이 도가 뭔지 아직 깨우치지 못한 것이더냐?"

"크윽…… 대체 그 도가 무엇이기에 우리 무당파가 희생해야 한다는 겁니까?"

"도는, 자연과도 같은 것이다. 그 스스로를 내세우지 않지만 언제나 곁에 있음을 안다. 도는 그러한 것이다! 군림하는 도는 도가 아니다!"

장문인은 그에게 외쳤다.

"네 죄는 용서받을 수 없는 것! 하여 나는 장문인의 권한으로 네놈에게 참회동에서 여생을 마칠 것을 명한다!"
"이익! 받아들일 수 없소!"
그는 이를 갈며 검을 들고 장문인에게 달려들었다.
"당신을 죽이고 내가 장문인이 되어야겠소!"
그 말에 나는 한숨을 내쉬었다.
사람의 아집이라는 것이 참 질기다는 것을 다시 한번 깨닫고 있었다.
이제 슬슬 내가 나서야겠군.
"저기…… 한 가지 질문이 있습니다."
"네놈은 뭐냐?"
진구 장로의 퉁명스러운 물음에 나는 대답 대신 반문했다.
"혈교주가 죽음으로 그 피가 뿌려져야 한다는 것은, 우선 그가 살아 있다는 것이 전제되어야 한다고 생각합니다만, 맞습니까?"
"……"
"그를 유폐했다는 건, 피가 뿌려지는 방식이 아닌 다른 방식으로 죽으면 괜찮다는 거겠죠?"
"……"
"그러면 이미 죽은 다음에는 피가 뿌려지든 말든 '기둥'에 전혀 영향을 주지 못한다는 거 아닙니까?"
"무슨 말을 하고 싶은 것이냐?"
"제가 몸담은 상단의 주력 품목이 약재인 만큼 저자가 뭘 먹었는지 알 것 같기 때문입니다."

"……?"

"아까 영약이라는 말을 들었는데, 저자가 저렇게 복통을 호소하는 것을 봐서는 영약과 착각할 만한 독초를 먹은 것으로 보입니다."

"……?"

"그리고, 이미 죽은 것 같습니다만?"

그 말과 동시에 모두의 시선은, 이미 죽어서 차디찬 시신이 되어 버린 혈교주에게 향했다.

금작독과.

처음에는 설사를 동반한 복통으로 시작하지만, 불로 지지는 듯 복통이 심해지며 결국은 사망에 이르는 독초다.

하여, 독살을 위해서 종종 쓰이는 것이다.

"마, 말도 안 돼! 어떻게 이런 일이!"

"으아악!"

어처구니없는 상황에 혈교인들은 분노하거나 망연자실한 채 자리에 주저앉고 말았다.

이십여 년의 인내가 드디어 끝났다고 기뻐한 지 얼마 되지도 않았는데, 이렇게 허무하게 끝나 버렸으니.

"제, 젠장!"

진구 장로 역시 당혹스러워했다.

진정 장로가 상황을 이해한 듯 고개를 주억거렸다.

"보아하니, 몸을 회복시킬 영약을 제공하기로 한 것 같은데 그게 영약이 아니라 독약이었던 모양이군."

혈겁의 목적 〈283〉

"……."

"설마 독이라고 생각하지 못하고 운기조식을 해서 순식간에 독기가 온 몸으로 퍼진 것이겠지."

원래는 금작독과를 먹어도 이렇게 금방 죽지 않는데, 혈교주는 운기조식을 한 탓에 독기가 더 빨리 퍼져 죽음을 재촉한 거다.

여기서 드는 의문.

솔직히 피를 보지 않고 혈교주를 죽이는 방법이 없는 것은 아니다. 그런데 왜 그런 방법들을 시도하지 않고 유폐한 것일까?

그건 무당파가 도교 문파였기 때문이다.

정정당당하고 생명을 소중히 여기는 건 좋지만…… 그래도 사서 고생이다 싶긴 했다.

장문인이 한마디로 상황을 정리했다.

"그러니까, 자네들이 혈교주를 죽인 것이군."

"……!"

"그럼, 나는 자네들을 오랫동안 무당파와 이 무림의 골칫거리였던 혈교주를 죽인 영웅으로 대해야 하나? 아니면 혈교주를 탈출시키기 위해 이 무당파를 습격한 침입자로 대해야 하나?"

혈교인 중 하나가 침묵을 깨며 외쳤다.

"흔들리지 마라! 우린 영광스러운 혈교다! 혈교천하! 혼세진리!"

"교주님의 복수를!"

그들은 그리 외치며 달려들었다.
"어딜!"
다시 싸움이 시작되었지만, 장문인이 있는 이상 결과는 불 보듯 뻔한 싸움이었다.
챙-!
그때 누군가 놓친 검이 날아왔고, 나는 얼떨결에 그 검을 잡았다.
"주군!"
"괜찮으십니까?"
"네. 괜찮습니다."
나는 호위무사들을 진정시키고 차분히 전장을 살펴보았다.
그때 진구 장로가 눈에 띄었다.
정확히 말하면 그가 혈교인들과 맞서 싸우고 있는 진정 장로를 향해 달려가는 모습이었다.
그 두 눈은 악에 받쳐 있었다.
그를 막아 세우고 싶어도 아직 나는 절정 수준에 불과하고 진정 장로는 초절정에 이른 고수다.
그때 내 뇌리에 사부님과의 대화가 떠올랐다.

"자신보다 강한 고수의 공격을 막을 수 있는 방법 말입니까?"
"네."
"불가능합니다. 그러니 그런 일이 있으면 무조건 도망

치시는 방법을 추천합니다."

"그래도, 만약의 상황이라는 것이 있지 않습니까?"

"음...... 만약 상대가 방심하고 있거나 국주님을 크게 신경 쓰지 않고 있는 상황이라면 한 가지 방법이 있기는 합니다."

"그게 무엇입니까?"

"그리 추천하고 싶지는 않습니다만......"

말끝을 흐리는 사부님.

"경청하겠습니다. 부디 알려 주십시오."

"후우...... 알겠습니다. 꼭 필요할 때만 쓰셔야 합니다."

"감사합니다."

사부님께서 검을 들고 직접 보여 주셨다.

"여덟 번째 초식인 일점현빙을 응용하는 방법입니다. 보통은 기를 검 끝에 집중합니다만 검면의, 그러니까 적의 검이 닿는 면에 집중하는 겁니다. 그리고 무흔보법을 극성으로 운용하여 돌진하면 한 번은 물론이고, 잘하면 세 번까지도 막을 수 있을 겁니다."

지금이 바로 사부님이 말씀하신 조건에 맞아떨어지는 상황이다.

진구 장로는 나를 전혀 신경 쓰지 않고 있으니까.

나는 무흔보법을 극성으로 운용해 진구 장로에게 쇄도했고, 일점현빙을 응용하여 검을 휘둘렀다.

까강-!

진구 장로의 검이 내 검에 부딪혔다.
"네놈은 뭐냐?"
"크윽! 진구 장로님! 순순히 처벌을 받아들이세요!"
"그렇게는 못 하지! 이렇게 된 이상 진정 장로라도……!"
그때, 자신이 위험할 뻔했음을 알아차린 진정 장로가 혀를 찼다.
"기습이라니! 대체 어디까지 떨어진 건가!"
그리고 내게 조언했다.
"자연스럽게 검을 흘리게, 그리고 뒤는 나에게 맡기게나."
그 말에 나는 숨을 몰아쉬고는 진정 장로의 말대로 검을 흘렸다.
그와 동시에 진구 장로를 향해 진정 장로의 검이 날아들었다.
까앙!
계속해서 두 장로의 검이 부딪히고 얽히기를 반복했다. 그사이 나는 조심스럽게 뒤로 물러났다.
서우 무사가 다가와 걱정스럽게 말했다.
"위험할 뻔했습니다."
"죄송합니다. 저도 모르게……."
나는 서우 무사에게 사과를 했다.
내가 멋대로 튀어 나간 건 잘못한 것이 맞으니까. 하지만 나는 사과를 끝맺지 못했다.
"우욱!"

속이 울렁거리더니 피를 토하고 말았다.

제길, 왜 사부님께서 추천하지 않는다고 하셨는지 알 것 같군.

평소 추위를 느끼지 못하는 내가 추위로 몸이 덜덜 떨릴 정도로 내공을 무리하게 운용한 탓이다.

그래도 이 정도 내상으로 진정 장로를 구했으니, 싸게 먹힌 거다.

그가 죽는다면 기뻐하는 것은 무림맹뿐일 테니까.

그 꼴은 보고 싶지 않았다.

또한 무당의 도사들이 존경하는 그가 죽는 것을 보고 싶지도 않았고.

그런 나를 보며 서우 무사가 품에서 단환 하나를 꺼내어 내밀었다.

"내상약입니다."

"감사합니다."

나는 그걸 먹으며 문득 내가 소단주가 되었을 때 사부님이 주신 선물이 떠올랐다.

그걸 먹고 내공을 끌어 올릴 것을 그랬나?

하지만 무척 귀한 것이라고 하셨기에, 더 위험할 때 쓰는 게 맞을 터였다.

내가 내상약을 먹고 기운을 다스리는 사이 두 장로의 싸움은 끝으로 치닫고 있었다.

스윽-!

"으악!"

진정 장로의 검이 하늘로 치솟았고, 그와 동시에 잘린 진구 장로의 팔이 바닥에 떨어졌다.

그 팔의 손에는 아직 검이 들려 있었다.

"으윽, 으으윽."

고통에 괴로워하는 그에게 진정 장로는 싸늘한 눈으로 말했다.

"내 손속이 잔인하다고 여기지 말게. 이는 자네가 자초한 일이니까."

"……."

두 사람의 대결은 진정 장로의 승리로 끝났다.

그사이 혈교인들도 모두 정리된 상태.

장문인이 주변을 둘러보며 말했다.

"호청대는 들으라!"

"네!"

"저들은 이 무당파를 침입하고 더럽힌 간악한 무리들이다! 뇌옥에 가두어라!"

부상당하거나 살아남은 혈교인들은 호청대의 대원들에 의해 결박되어 무당파의 뇌옥으로 끌려갔다.

장문인은 잘린 팔을 붙잡고 끙끙거리는 진구 장로에게 향했다.

"더 할 말이 있나?"

"……장문인은 내가 되었어야 했소."

"나도 내가 장문인이라는 자리에 그리 어울리는 사람

은 아니라고 생각하네. 하지만!"

그는 싸늘하게 말을 이었다.

"나 대신 장문인이 되었으면 했던 이 중에 자네는 없었어. 자네를 장문인으로 세우지 않은 선대 장문인의 결정은 옳았네."

장문인이 선언했다.

"진구 장로를 장로의 직에서 파한다!"

"명을 받들겠습니다."

"그리고……."

장문인은 눈에 보이지도 않을 정도로 빠르게 움직여 진구 장로의 혈도를 점했다.

퍽! 퍼퍼퍽! 퍽퍽!

평소 혈도를 점하는 소리와 달리 무척이나 둔탁하면서도 날카로운 소리.

그리고, 진구 장로는 피를 토했다.

"쿨럭!"

그 모습을 보며 진유 무사가 내게 작은 목소리로 말했다.

"무공을 쓰지 못하도록, 무공을 폐했군요."

"……."

무공을 잃은 그 모습이 참으로 초라해 보였다.

"참회동으로 끌고 가라. 죽을 때까지 참회동에 갇혀서 도를 닦도록."

그렇게 진구 장로는 참회동으로 끌려갔다.

이어서 혈교주를 유폐했던 전각을 씁쓸하게 바라보던

그가 입을 열었다.

"저 전각, 이제는 필요 없게 되었군. 불태워 버리도록."

불타오르는 전각의 모습을 보던 그가 한마디를 덧붙였다.

"저 안에 혈교주의 시신을 넣어라."

"네."

그렇게 지난 이십여 년 동안 무당파의 골칫거리이자 짐덩어리였던 혈교주는 한 줌의 재가 되어 사라지고 있었다.

그 모습을 보며 나는 속이 조금 후련해졌다.

혈교주는 복수를 꿈꾸며 이십여 년 동안이나 목숨줄을 붙잡았을 것이다.

실제로 지난 삶에서 혈교주는 처절하게 복수했고.

하지만 이번 삶에서는 그러지 못하고 허무하게 사라졌다.

혈교주의 죽음이 안타깝거나 하지는 않았다. 내 지난 삶에서 그로 인해 수많은 사람이 무고하게 죽었음을 알고 있었으니까.

세상의 평화를 위해서라도 혈교주는 지금 죽는 것이 여러모로 좋았다.

하지만 저 불길을 보다 보니 문득 내가 죽었을 때가 떠오르는 건 왜일까?

그때 내 시신도 저렇게 태워졌을까?

아무튼 이렇게 무림맹의 수작질을 성공적으로 막아 내

는 데 성공했다.

혈교주는 죽어서 재가 되었고, 혈교도들은 모두 뇌옥에 갇혔으며, 내통자였던 진구 장로도 무공이 폐해진 채 참회동에 갇혔다.

"은서호 공자."

그때 진정 장로가 나에게 다가와 포권했다.

"속은 괜찮은가? 경황이 없어 지금에야 인사를 하게 되었네. 위험을 무릅쓰면서까지 나를 구해 준 것, 감사하네."

"아닙니다. 당연히 해야 할 일을 했을 뿐입니다."

"겸양의 미덕까지 갖추었군."

나는 뭔가 쑥스러워 뺨을 긁적였다.

그런 나에게 장문인이 다가왔다.

"공자, 조금 더 본파에 머무를 수 있겠는가?"

"네?"

"일이 마무리되고, 잠시 대화를 나누었으면 하네."

"알겠습니다."

나는 다시 빈객당으로 돌아왔다.

그리고 팔갑의 잔소리를 들으며 침상에 누워 있어야 했다.

* * *

장문인 진선은 한숨을 내쉬었다.

마차를 타고 종남파로 향하던 도중, 웬 조그마한 돼지가 자신의 무릎에 앉아 있는 것을 보았다.

자신이 전혀 기척을 느끼지도 못했는데, 갑자기 나타난 돼지에 당황했다.

그 돼지는 자신의 꼬리를 흔들었다. 가만 보니 그 꼬리에 종이 하나가 매달려 있었다.

그는 종이를 풀어 읽어 보았다.

누군가 무당파를 습격했다는 서신이었다.

웬만한 상황이라면 장난이나 함정이라고 생각했을 터.

하지만 그 신묘한 돼지도 그렇고, 그 서신에 쓰인 은서호라는 이름이 그를 곧바로 움직이게 했다.

최고 속도로 경공을 펼쳐 당도한 무당파에서는, 그냥 습격이라고 하기에는 큰일이 벌어지고 있었다.

그는 타오르는 불길을 보며 생각했다.

'예전부터 야망이 크긴 했지만······.'

진구 역시 자신과 같은 배분이기에 알고 있었다. 그 야망이 크긴 했지만 그걸 행동으로 옮길 만한 인물이 아니라는 것을.

그 말은 즉, 진구 뒤에 누군가가 있다는 거다.

그 누가 되었든, 가만둘 생각이 없었다. 반드시 응분의 대가를 치르게 될 거다.

그는 모든 것을 품고 진리를 구하는 도인이기도 하지만, 무당파의 장문인이기도 하다.

'이 사태가 이 정도에서 끝나게 된 것은 은서호 공자의

덕이지.'

자신에게 이 사태를 경고한 것은 물론이고, 자신의 가장 친한 친우까지도 구해 주지 않았던가!

그렇다면 응당 적절한 보상을 해야 할 터.

그는 그에 대해 고민하며 완전히 재가 되어 가는 혈교주의 시신을 보며 도호를 읊었다.

"무량수불…… 극락왕생은 틀린 것 같지만 그래도 편히 가시게나."

* * *

이틀 후, 나는 백문 당주의 안내에 따라 한 누각에 도착했다.

"왔는가?"

"장문인을 뵙습니다."

그곳에는 장문인이 있었다.

나중에 보자고 해서 기다리고 있던 참이었긴 한데, 이런 곳으로 부를 줄은 몰랐다.

"가까이 오게나."

"네."

나는 장문인에게 가까이 다가갔다.

"내상을 입었다고 들었네. 몸은 좀 괜찮은가?"

"네. 괜찮습니다."

장문인은 손을 뻗어 앞을 가리키며 말했다.

"풍광이 어떤가?"

"멋집니다."

빈말이 아니었다.

무당파의 모든 전경을 한눈에 내려다보는 이 경험은, 기억에 남을 정도로 강렬했으니까.

"그 녀석은, 공자가 기르는 녀석인가?"

장문인이 말하는 것이 무엇인지 알 것 같았다.

내 소매 속에 있는 금령을 꺼내 보이며 말했다.

"이 녀석, 말씀입니까?"

"그래, 그 녀석."

장문인은 고개를 끄덕였다.

"그 녀석이 내게 서신을 전해 주었을 때 적잖게 놀랐지."

"당혹스럽게 해서 송구합니다."

"그런 말 말게나. 자네가 재빨리 서신을 전해 주지 않았다면, 더 큰 일이 일어날 뻔했으니."

그는 작게 한숨을 내쉬고는 다시 물었다.

"그런데 어찌하여 그 자리에 있었는가?"

"그건……."

나는 대충 둘러대었다.

"안에서 격렬한 냉병기 부딪치는 소리가 들렸기에 무슨 일인가 싶었습니다. 마침 장문인께서 주신 허가패가 있었기에 다급하게 간 것입니다."

나는 살짝 미소 지으며 말을 이었다.

"많은 것을 배려해 주신 무당파입니다. 미력한 저라도 도움이 된다면 응당 달려가야 하지 않겠습니까?"

"그럼 마음이었다니! 참으로 고맙네."

"아닙니다."

"본파의 많은 제자들의 목숨을 구해 준 것은 물론이고, 아끼는 친우까지 구해 준 것에 감사를 표하고자 하네."

그는 품 안에서 한 개의 패를 꺼내 내밀었다.

"이건?"

"본파의 특별 허가패이네. 이 무당파에 언제든지 방문할 수 있으며 또한 무당파의 구역에서 무기를 지니고 다닐 수 있다네."

나는 속으로 조금 놀랐다.

저것은 내가 지금 목에 패용하고 있는 허가패와는 질적으로 달랐으니까.

"그리고 그 패에는 하나의 의미가 더 있네. 바로 이 무당파가 자네의 뒤에 있다는 것이지."

"……!"

이는 아까 말한 것보다 더 놀라운 것이다.

정파 무림의 양대 산맥 중 하나인 무당이 뒷배가 되어 준다는 의미니까.

36장. 천기의 의미

천기의 의미

나는 그것을 바로 받지 않았다.
"제가 이것을 받아도 되겠습니까? 너무 과분한 듯합니다."
"허허, 끝까지 겸손하구만. 받아 주게나. 자네는 이 패를 받을 만한 자격이 있으니까."
계속되는 권유에 못 이겨 패를 받았다.
"감사합니다. 앞으로도 무당과 좋은 관계를 이어 갔으면 합니다."
"물론일세. 나도 환영하는 바이네."
우리는 그렇게 서로 웃으며 이야기를 나누었다.
"저, 이만 상단으로 돌아갈까 합니다."
"하긴, 예정보다 너무 오래 머무르긴 했지. 오늘 푹 쉬고 내일 조심히 돌아가시게나."

"감사합니다. 장문인의 호의, 잊지 않겠습니다."
그렇게 나는 장문인의 앞에서 물러났다.

빈객당으로 돌아가는 길에 진정 장로를 만났다.
"장문인과의 대화는 끝났는가?"
"예, 좋은 말씀을 많이 해 주셨습니다."
그는 옅게 웃으며 품에서 무언가를 꺼내 내밀었다.
"이것은……?"
"감사의 표시라네."
"아닙니다. 저는 그저……."
"그냥 받아 주시게."
계속되는 권유에 나는 그 함을 받아 열어 보았다.
안에는 하얀 단환 하나가 들어 있었다.
"혈맥을 튼튼하게 해 주는 단환이네. 본파에서도 몇 개 되지 않는 거니 부디 도움이 되면 좋겠네."
그렇게 나는 오늘, 세 가지 선물을 받았다.

.

.

.

그날 밤.
나는 꿈에서 진무대제를 뵈었다.
"덕분에 이 땅에 무고한 피를 흘리는 일을 막을 수 있었다. 하여 약속대로 천기를 알려 주마."
"역시, 사기를 치지 않으실 거라고 믿고 있었습니다."

"이 자식이!"
"아, 죄송합니다. 생각만 한다는 것이 입 밖으로 나와 버렸네요."
나는 능청스럽게 웃었다.
"그래서 알려 주실 천기가 무엇인가요?"
"그건……."
진무대제의 말을 듣다가 나도 모르게 반문하고 말았다.
"네?"
"왜 그러느냐?"
"아, 아니, 그게 천기라고요?"
"별것 아닌 것 같지? 나중에 나에게 감사하다고 절을 할 날이 올 거다, 이놈아."

.

.

.

"음?"
나는 잠에서 깨며 기억을 더듬었다.
뭐였지?
뭔가 아주 중요한 것을 들은 것 같은데?
분명 꿈에서 진무대제가 나타났고, 나에게 천기를 알려 주었다.
그게 기억이 나지 않았지만 별로 걱정하지는 않았다.
언젠가 필요할 때가 되면 기억이 날 테니까.

저번에 그랬듯이.
이제 집으로 돌아가야지.

.

.

.

이른 아침을 먹자마자 나와 일행은 무당파를 떠나 은해상단 본단으로 향했다.

달그락, 달그락.

마차 바퀴가 땅을 구르는 소리가 들리는 가운데, 나는 창문을 통해 무당파를 바라보았다.

이전 삶과 달리 무당파는 온전하게 유지될 수 있었다.

그것이 미래에 어떻게 영향을 줄지 알 수 없지만, 그래도 확실한 건 무림맹과 백천상단에 도움이 되지는 않을 거라는 거다.

그러고 보니 이번 일에 일등 공신이 있었지.

나는 소매를 툭툭 치며 말했다.

"금령아, 나와 봐."

"꾸이?"

내 말에 금령은 내 소매 안에서 고개를 내밀었다.

나는 주머니 안에서 금원보 하나를 꺼냈다.

그걸 본 금령의 눈동자가 커지며 반짝였고, 그걸 보며 나는 피식 웃었다.

"이번에 네 덕분에 혈교주를 쉽게 처리할 수 있었으니까, 고마워서 주는 거야."

"추릅!"

"야야! 내 옷에다가 침 흘리면 안 되지!"

나는 군침을 흘리는 금령을 얼른 들어 올렸고, 금령은 금원보를 보며 버둥거렸다.

"하지만, 앞으로는 그러면 안 돼. 그걸 먹은 사람이 혈교주였으니 망정이지, 다른 선량한 사람이 그걸 먹었으면 어떡할 뻔했어?"

"꾸이……."

"그러니까…… 앞으로는 나에게 미리 말해 줘. 그래야 내가 조치를 취하든 할 거 아니야."

"꾸…… 이?"

"알겠지?"

"꾸……."

"자, 먹어라."

나는 금령 앞에 금원보를 내밀었고, 금령은 잽싸게 금원보를 물고는 꿀꺽 삼켰다.

금원보는 꽤나 큰 편인데, 그걸 한입에 삼키네?

참 대단한 녀석이야.

솔직히 금원보의 가치는 엄청났지만, 금령은 그걸 먹을 자격이 있었다.

혈교주가 그렇게 죽지 않았다면 수많은 이들이 피를 흘렸을 터.

게다가 호북성이 혼란이 빠지면서 우리 상단도 엄청난 손해를 봤을 거다.

* * *

무림맹.
무림맹주는 보고를 들으며 미간을 찌푸렸다.
"그래서, 실패했다?"
"네. 조력자였던 진구 장로는 참회동에 갇혔고, 영약의 조달을 담당했던 자는 뇌옥에 갇혀 있다고 합니다."
"이미 실패한 일이니, 어쩔 수 없지. 입을 막아라."
"네."
수하는 그리 대답하며 들고 있던 서류를 내밀었다.
"그리고 여기 자세한 보고서입니다."
무림맹주는 보고서를 읽다가 한 부분에서 시선을 멈추며 흥미로운 표정을 지었다.
"은서호? 그 은해상단의 막내아들 말인가?"
"네. 기부금을 전달하기 위해 왔다고 합니다."
"우연이라고 하기에는 자주 언급되는군. 묘하게도 우리가 진행한 일이 실패했을 때마다 그곳에 있었단 말이지?"
"우연일 겁니다."
"그렇겠지."
그는 고개를 끄덕였다.
뭔가 찜찜하기는 했지만, 미리 알고 막으러 왔다고 하기에는 말이 되지 않았다.

"알겠다. 나가 보거라."

수하가 나갔고, 무림맹주는 면경으로 자신의 얼굴을 보았다.

붉게 빛나는 눈.

그는 얼른 그 눈을 감추며 중얼거렸다.

"죽더라도 도움은 주고 죽었어야지. 멍청한 놈."

* * *

본단에 도착하자, 진호 형이 나를 마중 나와 있었다.

"왔냐?"

"응, 생각보다 돌아오는 게 오래 걸렸어."

그런데 진호 형의 얼굴이 좀 어두웠다.

"그런데 무슨 일 있어?"

"……응."

"무슨 일인데?"

나는 심각해져서 물었다.

진호 형이 저렇게 표정이 어둡다면, 심각해도 보통 심각한 일이 아닐 테니까.

"건혁이랑 보연이가……."

은건혁(銀建奕), 은보연(銀寶蓮).

이번에 태어난 정호 형의 아이들이다.

쌍생아로 태어난 아이들인데, 내가 무당파로 가기 전에 태어났으니 지금쯤 태어난 지 두 달이 조금 넘었을 거다.

이전 삶에서 내가 죽었을 당시 형수님이 회임을 했었고, 아이가 태어나길 기다리고 있었다.

혼인한 지 십 년이 훨씬 넘어서 생긴 정말 귀한 아이였기에 온 집안이 잔치 분위기였다.

하지만, 백천상단에서 작정하고 은해상단을 지우기로 작정했는데, 형수님의 태중의 아이를 그냥 놔두었을까?

그렇게 태어나지도 못하고 죽은 조카가 이번 생에 다시 찾아왔다.

그래서인지 두 아이는 내게 더 각별했다.

그런데 진호 형의 입에서 두 아이의 이름이 나오자 가슴이 철렁할 수밖에 없었다.

"건혁이랑 보연이가 왜?"

"그 애들이…… 나만 보면 운다."

"어?"

"아니, 내가 그렇게 무섭게 생겼냐? 그냥 가서 울렐레 했을 뿐인데……."

"그러니까, 건혁이랑 보연이가 형의 얼굴만 보면 운다는 거지?"

"응."

"형은 그래서 심각한 거고?"

"응."

"그것 말고는 별일은 없는 거고?"

"응."

"……"

나는 진지하게 진호 형을 한 대 패고 싶다는 생각이 들었다.

．

．

．

나는 우선 내 별당으로 향했고, 깨끗하게 씻고 옷을 갈아입었다.

전에 꼬질꼬질한 모습으로 아버지를 뵈었을 때 아버지가 보고가 조금 늦어도 되니 씻고 오라고 하셨으니까.

그렇게 말끔해진 모습으로 아버지께 이번 기부에 관해 보고하기 위해 은룡각으로 향했다.

"소자, 무사히 돌아왔습니다."

"그래, 수고했다."

"여기 무당파의 장문인께서 주신 서신입니다."

아버지는 서신을 펴서 읽어 보셨다.

무당파에서 출발하기 전, 장문인은 나에게 아버지에게 전하는 서신을 주셨다.

많은 기부금과 물자에 감사하다는 내용이 적힌 거라고 하셨고, 아버지에게 보내는 서신을 내가 보는 건 예의가 아니기에 보지는 않았다.

하지만, 서신을 읽는 아버지의 표정을 보니 미리 서신을 읽어 봤어야 했나 싶었다.

"음, 서호야."

"네, 아버지."

"팔갑 소이는 괜찮은 것이냐?"
"네. 다행히 별다른 이상은 없습니다."
"그래, 그렇겠지. 그 피가 어디 가는 건 아니니."
"네?"
방금 뭔가 이상한 이야기를 들은 것 같은데?
하지만 내 의문은 아버지의 다음 질문에 훅 하고 날아가 버렸다.
"무당파를 습격한 이들에 맞서 싸웠다니! 이게 대체 무슨 소리냐?"
"그것이……."
"사건이 너를 부르는 것이냐? 아니면 네가 사건 속으로 뛰어 드는 것이냐?"
"……."
아버지의 말에 나는 멋쩍게 웃으며 대답했다.
"그건, 저도 잘 모르겠습니다."
아버지는 나를 요리조리 살피더니 안심한 듯 고개를 끄덕이셨다.
"크게 다친 데는 없는 듯하니 다행이구나. 수고했다."
"예, 그럼 소자 물러가겠습니다."

아버지의 집무실에서 나온 나는 이어서 조부님께 향했다.
그리고 이어서 어머님을 뵌 후, 정호 형의 별당으로 향했다.

"어서 오세요, 도련님. 건강히 잘 돌아오셨군요."
"네, 형수님도 건강하신 듯해 다행입니다."
출산 직후 수척해졌던 형수님은 건강해 보이셨다.
"정호 형은 지금 바쁜 모양이네요."
"네, 지금 비단의 납품 때문에 바쁘다더라고요. 반 년 뒤에 있을 황실 비단 납품 상단 선발에 저희 은해상단도 출사표를 던지기로 했으니까요."

황실에 비단을 납품하던 상단에 문제가 생기는 바람에 황실에서는 다시 납품 상단을 정했다.

이전 삶에서 우리 상단은 아직 백대 상단의 하위권에 불과했기에 도전하지 못했었다.

하지만 지금은 아니다.

최근 발표된 순위는 사십구 위.

이 정도면 충분히 도전할 만했기에, 나는 아버지에게 넌지시 정보를 건넸다.

그리고 그 일을 지금 정호 형이 하고 있었다.

진호 형도 그렇고 나도 그렇고 후계 자리에 욕심을 부리지 않고 있으니, 정호 형의 후계자로서의 위상을 확고히 하기 위한 것이겠지.

상단 내부의 행수들은 물론이고 외부의 인정까지 받아야 나중에 상단주 자리를 자연스럽게 이어받을 수 있으니까.

"정호 형이라면 잘 해낼 겁니다."
"그렇겠죠. 저도 우리 그이를 믿어요."

천기의 의미 〈309〉

나는 살짝 미소 지어 보이며 말을 이었다.
"건형이랑 보연이는 잘 있습니까?"
"그럼요."
형수님은 시녀에게 말해서, 유모에게 두 아이를 데리고 오라고 했다.
보통 장거리를 오가는 이들에게는 한 가지 불문율이 있으니, 돌아온 지 보름이 되기 전에는 신생아와 접촉하지 않는다는 거다.
타지에서 나쁜 기운을 가지고 온다는 이유 때문이다.
하지만 나에게는 금령이가 있다.
금령이는 해로운 기운을 없애는 공능을 지닌 영물이기에 금령이를 믿고 두 아이를 보러 온 것이다.
잠시 후, 두 유모가 두 아이를 데리고 들어왔다.
강포에 쌓인 두 아이를 보며 나는 환하게 웃었다.
"안녕?"
나를 본 건혁이와 보연이는 까르르 웃었다.
"어머!"
이를 본 형수가 웃으며 말했다.
"진호 도련님은 볼 때마다 울더니, 서호 도련님을 보고서는 웃네요. 역시 아이들도 잘생긴 건 아나 보네요."
"하하하."
나는 멋쩍게 웃었다.
순간 옆에서 따가운 시선이 느껴졌고, 고개를 돌려보니 팔갑이 나를 보고 있었다.

음, 지금 눈으로 욕한 거 같은데?
아니, 내가 욕먹을 짓도 안 했는데 왜?

.

.

.

그날 저녁.
나는 업무를 마무리한 허운 각원의 처소를 찾았다.
"어서 오십시오, 소단주님."
"네, 잘 지내고 계셨군요."
나는 그에게 황금색 열매를 내밀었다.
"이건 뭡니까?"
그 물음에 나는 신령혜복실에 대해서 설명했다.
"……하여 이걸 허운 각원에게 드리고 싶습니다."
"이걸 먹으면 제 다리가 멀쩡해진다는 거군요."
"그렇습니다."
이번에 금령이 가로채 온 신령혜복실을 어찌할까 고민하다가 허운 각원이 떠올랐다.
백천상단에서 일을 하다가 다리를 못 쓰게 된 그에게 다시 다리를 돌려주고 싶었기 때문이다.
앞으로 상단에 크게 도움이 될 인재인 만큼, 은혜를 입혀 놓자는 계산도 있었고.
하지만 허운 각원은 고개를 저었다.
"말씀은 감사합니다만, 저는 그걸 먹지 않겠습니다."
"네?"

예상 밖의 대답에 놀란 내게 그는 차분히 설명했다.

"솔직히 탐은 납니다. 하지만 지금의 몸에 많이 적응되기도 했고, 그걸 먹으면 제 기억력과 별개로 복수심이 옅어질 것 같습니다. 그러니 그건 나중에 꼭 필요해지실 때 쓰십시오."

"정말 괜찮겠습니까?"

"네. 괜찮습니다."

그를 보며 와신상담이라는 고사가 떠오르는 건 왜일까?

나 역시 백천상단과 무림맹에 복수하고자 결심했기에 그 마음을 너무나도 잘 알 수 있었다.

그렇기에 그걸 다시 품에 넣을 수밖에 없었다.

.

.

.

그렇게 시간이 흘렀다.

어느새 눈은 녹고, 매서운 바람이 산들거리는 봄바람으로 바뀌었다.

오 월이다.

"도련님! 도련님!"

현풍국의 내 집무실에서 서류를 살피고 있는데, 팔갑이 나를 부르며 다급하게 집무실로 들어왔다.

"큰일 났습니다요! 두 아기씨가 지금 많이 아픕니다요."

"뭐?"

.
.
.
나는 다급히 정호 형의 별당으로 달려갔다.
그때 막 두 아이의 방에서 의각의 각주가 나왔다. 사안이 사안인 만큼 그가 달려온 것이다.
"저희 아이들, 어떤가요?"
형수님의 물음에 의각주가 침통한 얼굴로 대답했다.
"도무지, 무슨 병인지 모르겠습니다. 죄송합니다."
"아……."
절망하는 정호 형과 형수님의 모습이 보였다.

나는 무거운 표정으로 두 아이가 누워 있는 방에 들어갔다.
나를 보고 까르르 웃던 두 아이가 힘겹게 숨을 몰아쉬고 있었다.
이번에도 이전 삶에서처럼 그렇게 조카를 떠나보내야 하는 건가?
치밀어 오르는 답답함에 입술을 깨물었다.
신령혜복실을 떠올렸지만 그건 신체의 손상을 복구해 주는 것이지 병을 치유하는 건 아니었다.
그때였다.
"윽!"
순간, 머리가 저릿하며 떠오르는 것이 있었다.

이번에 무당파의 혈겁을 막은 대가로 진무대제가 알려 준 '천기'였다.

그 천기는, 지금을 위한 천기였던 것이다.

내 꿈에 나타난 진무대제가 보답이라면서 알려 준 천기는 현재 흑적의선이 있는 장소에 대한 천기였다.

이번 삶에서는 이미 현무성체로 인한 내 병을 고쳤기 때문에, 흑적의선이 있는 곳에 대해서 별 신경을 쓰지 않고 있었다.

워낙 바람 같은 분이기도 했고.

진무대제는 나에게 그걸 알려 주면서 나중에 감사하다고 절을 할 거라면서 큰 소리를 뻥뻥 쳤었다.

그땐 '뭐지?' 싶었는데, 아니었다.

지금 나에게 가장 필요한 천기였던 것이다.

그런데 왜 이게 정보가 아니라 천기인 거지?

그리고 그걸 잊고 있다가 왜 지금에야 이게 기억이 난 걸까?

애초부터 기억하고 있었다면 미리 흑적의선을 찾아갔을 텐데 말이지.

혈교인이 유폐되어 있던 곳을 보고서야 그에 대해 기억이 났던 그때도 그렇고 지금도 그렇고, 천기라는 것 때문에 내가 기억하지 못하도록 한 듯했다.

솔직히 허운 각원만큼은 아니더라도 내 기억력도 제법 좋은 편이니까.

그렇다면 그래야 할 이유가 있다는 건데.

하지만 지금은 그걸 고민하고 있을 때가 아니었다.
나는 즉시 아버지에게 달려갔다.

.

.

.

아버지는 내 외출을 허락해 주셨다.
곧바로 떠날 준비를 해서 한 시진 만에 출발했다.
목적지는 호남의 악양.
그렇게 한참을 전속력으로 달리다가 잠시 휴식을 취했다. 우리야 무공을 익혀서 괜찮지만, 말들은 그렇지 않으니까.
"그래도 다행입니다."
이필 무사가 땀을 닦으며 말했다.
"목적지가 멀지 않아서 말입니다."
"그건, 그렇죠."
악양은 호북성과 호남의 경계에 있어서 금방 다녀올 수 있는 거리니까.
좀 더 먼 곳이었다면 참 곤란했을 거다.
아무래도 흑적의선이 가장 가까이에 있기에 그의 위치를 알려 준 듯했다.
우리는 잠시 휴식을 취하고 다시 출발했다.
단순한 상행이나 여행이 아닌, 시급을 다투는 상황이었기 때문이다.

그렇게 잠도 자지 않고 달리고 또 달려서 드디어 악양에 도착했다.

그리고 흑적의선이 머물고 있는 객잔에 도착했다.

진무대제가 흑적의선이 악양의 어느 객잔에 있는지까지 알려 준 덕분이다.

"어서 옵셔!"

우리는 객잔 점소이의 인사를 들으며 객잔 안으로 들어갔다.

그러자 일 층에서 식사를 하고 있는 한 중년인이 보였다.

나는 그를 보며 미소 지었다.

이전 삶에서, 스물세 살이 갓 되었을 때 뵈었던 그 모습 거의 그대로였기 때문이다.

지금 열아홉 살이니 이전 삶에서보다 약 사 년 정도 이른 시점에서 뵙는 것이다.

나는 그에게 다가가 포권하여 인사했다.

"뭔가?"

"의선님의 도움을 얻고자 찾아왔습니다."

내 말에 그는 나를 빤히 바라보았다.

"급한 환자들이 있나 보군."

"그렇습니다."

"자네들도 참 운이 좋군. 오늘 점심쯤, 이 마을을 떠나려고 했는데 말이지."

그 말은 즉, 우리가 조금만 더 지체했다면 흑적의선을

만나지 못하고 헛걸음 했을 뻔했다는 의미다.
"그런데, 아침은 먹었나?"
그 말에 나는 귀밑을 긁적이며 말했다.
"아직, 먹지 못했습니다."
급하게 달려오느라 하루에 한 끼 정도, 그것도 말 위에서 만두를 먹었을 뿐이다.
"어디서 왔나?"
"호북, 숭양현에서 왔습니다."
"금방 갈 수 있는 곳은 아니군. 그래도 아침을 먹고 출발하도록 하지."
"저희는 괜찮습니다."
"쯧쯧. 이미 지금도 많이 지쳐 보인다네. 나도 짐을 챙겨야 하니 그사이에 뭐라도 먹고 있게나."
"알겠습니다."
빠르게 식사할 수 있는 국수를 주문한 사이, 흑적의선은 식사를 마무리하고 짐을 챙기러 올라갔다.
솔직히 음식이 잘 넘어가지는 않았지만, 그의 말대로 기력을 보충하기는 해야 하기에 겨우겨우 음식을 넘겼다.
그때였다.
"어?"
내 기감에 뭔가가 느껴졌고, 곧 우리가 있는 곳으로 세 명의 남자가 들어왔다.
아까보다 훨씬 강해진 역겨움.

흑도 무사들이군.
점소이가 조심스럽게 달려가 물었다.
"무, 무슨 일이십니까?"
"여기, 해흑방의 방도가 있다고 들었는데?"
"……."
"없나?"
"그 새끼들이 여기에 있다고 했잖아."
"뭐, 나오지 않아도 상관은 없지. 전부 죽여 버리면 되니까."
그러고는 가운데 있던 흑도 무사가 검을 뽑았다.
뭐 이런 미친놈이 다 있어?
나는 속으로 투덜거리며 얼른 검을 뽑아 그가 점소이를 베려는 것을 막았다.
챙-!
그와 동시에 미리 내 언질을 받은 서우 무사와 진유 무사가 다른 자들을 향해 검을 겨누었다.
"넌 뭐야?"
"지나가던 객입니다만?"
나는 침착하게 받아치며 놈들의 수준을 살폈다.
내가 검을 막은 놈과 주변 놈들은 일류 수준이다. 정확하게 말하면 절정을 눈앞에 둔 일류.
난동을 부리는 놈들치고는 수준이 높지만, 우리 일행 정도면 충분하다.
이런 일에 휘말릴 시간이 없긴 하지만, 해결하고 갈 수밖에 없다.

"이익!"

그자는 자신의 검이 막혔다는 것 때문에 부아가 치밀었는지 내 검을 쳐 내고는 다시금 내게 휘둘러 왔다.

챙-! 채챙-!

나 역시 마주 검을 휘둘러 그자의 검을 맞받아치며 공격을 이어 갔다.

몇 번 검을 섞어 보니, 상대방의 검에 대해 알 것 같았다.

철저히 힘에 의존하는 중검.

이런 검술에는 환검인 설화가 제격이다.

"무, 무슨……!"

내 검에서 피어난 눈의 꽃들이 상대방의 시야를 어지럽히고, 결국 내 검은 그자의 목에 닿았다.

"져, 졌다……."

그 말과 함께 그는 품에서 뭔가를 꺼내 나에게 던지며 외쳤다.

"뻥이다! 이 새끼야!"

참, 어떻게 내 예상을 벗어나지를 않는 건지.

나는 침착하게 검집으로 암기를 받아쳤고, 그 암기는 그대로 되돌아가 그자의 어깨에 박혔다.

퍽-!

"어?"

뭔가 잘못되었음을 깨달은 그는 자신의 어깨에서 느껴

지는 격통에 부들부들 떨었다.
"아, 안 돼! 도, 독이!"
나에게 던진 암기에 독이 발라져 있었군.
극독은 아닌 듯하고, 옴짝달싹 못 하는 걸 보니 마비독인 듯했다.
뭐, 자업자득이지.
주변을 둘러보자, 다른 호위무사들도 다른 흑도 무사를 완벽하게 제압한 상황이었다.
그때 위에서 놀란 흑적의선이 내려왔고, 두 눈을 깜빡였다.

.

.

.

우리는 이들을 포졸들에게 넘겼고, 흑적의선과 함께 본단으로 출발했다.
그 와중에 나는 진무대제가 알려 준 흑적의선의 위치가 왜 천기인지 알 것 같았다.
만약 우리가 그곳에 없었다면 그곳에 있던 이들은 모두 죽었을 거다.
흑적의선 역시 무공이 뛰어난 이가 아니니 마찬가지였을 터.
즉, 나라는 인물로 인해 흑적의선뿐만 아니라 그곳의 수많은 이들이 목숨을 구할 수 있었던 것이다.
만약 내가 미리 흑적의선의 행방을 알고 그를 데려왔다

면, 아까 객잔에서 수많은 이들이 목숨을 잃었겠지.

게다가 놈들의 실력이나 목표를 봐서는 그곳만이 아니라 곳곳에서 수많은 이들을 죽였을 거다.

하지만 이내 드는 의문.

내가 이전 삶에서 흑적의선을 만난 것은 지금보다 몇 년 뒤.

그렇다는 건 여기서 죽지 않는다는 의미니까.

하지만 내 상념은 진유 무사의 말에 멈출 수밖에 없었다.

"말들이 많이 지쳤습니다. 잠시 쉬어 가는 게 좋을 듯합니다."

우리는 잠시 쉬기로 했다.

말에게 먹이와 물을 좀 주고 쉬도록 해야 했으니까.

그때 흑적의선이 저 멀리 보이는 산을 보며 말했다.

"오, 저 산이 무당산과 비슷하지 않나?"

"그러고 보니 그렇군요."

여응암 무사의 대답에 흑적의선이 호기심을 보였다.

"무당산을 본 적이 있나?"

"네. 올해 초에 무당산에 간 적이 있습니다."

"그랬군. 나는 얼마 전에 무당산에 있다가 이곳에 왔네."

그 말에 내 의문이 풀렸다.

이전 삶에서 무당파에 유폐되어 있던 혈교주에 의해 혈겁이 벌어지며 수많은 이들이 죽고 다쳤다.

이전의 삶에서도 이맘때쯤 그 난리가 벌어졌었으니까.
 그 일의 시발점이 된 복시령과를 내가 가져갔으니, 그 일이 벌어지지 않을 줄 알았는데 무림맹으로 인해 그 일이 내 이번 삶에서도 벌어질 뻔했었다.
 아무튼, 그때 그곳에 있던 흑적의선이 그들을 내버려두고 호남에 왔을까?
 그럴 리 없지.
 즉, 나로 인해서 미래가 바뀌었고 흑적의선은 무당산을 떠나 악양으로 간 것이다.
 나 때문에 흑적의선이 죽을 수도 있었던 것.
 그 사실을 깨닫자, 나도 모르게 식은땀이 흘렀다.
 흑적의선은 존경할 만한 의원이기에 앞서 사부님의 장인어른이다.
 이 일을 사부님께 말씀드려도, 사부님은 어쩔 수 없는 일이었으니 괘념치 말라고 하실 터.
 하지만 내 마음은 아니다.
 흑적의선은 이전 삶에서 나를 살려 준 은인이니까.
 진무대제가 나에게 알려 준 천기는 단순히 아픈 조카들을 위한 천기가 아니었다.
 틀어진 미래를 다시 바로잡을 수 있는 실마리였던 것이다.
 이거 진짜, 진무대제께 감사하다고 절하러 가야겠네.

 ·
 ·
 ·

우리는 본단에 도착했다.
"국주님 오셨습니까?"
"네. 흑적의선을 모시고 왔습니다. 아이들은요?"
내 물음에 나를 맞이해 준 행수가 말했다.
"아직은 괜찮습니다만, 얼른 가 보셔야 합니다."
우리는 급하게 씻고 정호 형의 별당으로 향했다.
"아, 도수가 높은 화주를 한 두어 병 가지고 오너라."
흑적의선의 말에 팔갑은 즉시 술을 보관한 창고로 향했다.
"의선을 모시고 왔습니다."
내 말에 정호 형의 별당에 있던 이들의 시선이 모두 우리에게 쏠렸다.
그리고 그곳에 있던 사람들의 얼굴에서 희망을 엿볼 수 있었다.
팔갑이 화주를 가지고 왔고, 흑적의선은 화주로 손을 씻은 후 내공을 일으켜 술기운을 날려 버렸다.
그러고 보니 흑적의선은 무공을 사용할 수 있으셨다.
이류 정도에 불과하지만, 환자를 치료하기 위해 익히신 무공이라고 했다.
흑적의선이 물었다.
"환자들은?"
"여, 여기 있습니다!"
정호 형이 얼른 건혁이와 보연이의 방으로 안내했고, 흑적의선은 그 방으로 들어갔다.

천기의 의미 〈323〉

그리고 가만히 두 아이를 들여다보았다.

둘 다 잘 버텨 주어서 고마웠다.

혹시나 늦어서 이번에도 떠나보내면 어쩌나 마음을 졸였으니까.

"흐음…… 과연, 나를 불러올 수밖에 없었겠군."

흑적의선은 고개를 주억이고는, 약롱에서 침을 꺼내서는 두 아이에게 찔러 넣었다.

그렇게 몇 군데 침을 몇 군데 놓고는 놓았던 순서대로 차례로 침을 빼냈다.

그러자 두 아이는 먹었던 것을 토해 내기 시작했다.

"의, 의선님. 애들이 토하는데 괜찮은 겁니까?"

형수님이 걱정스럽게 묻자, 흑적의선이 담담하게 대답했다.

"괜찮네. 병의 원인을 제거해서 토하는 것일 뿐. 몸의 기혈이 잘 돌지 않아서 먹은 것을 소화하지 못한 상태에서 계속해서 젖을 먹이니 안 아프고 배기겠나?"

"네? 그럼?"

"복합적인 원인으로 인한 식적이네. 아마 원인도 모르고 증상도 제대로 몰라서 치료하지 못했을 테지."

흑적의선이 말을 이었다.

"이제 괜찮을 거네. 그러니까 유모에게 대기하고 있으라고 하게."

"아, 알겠습니다."

"그리고 아이들을 닦을 미지근한 물도 준비해 주고."

"네."

그렇게 건혁이와 보연이는 목숨을 구할 수 있었다.
만약 두 아이가 말을 할 수 있었다면 좀 더 쉽게 치료가 가능했을지도 모른다.
하지만 아직 신생아였기에 그런 것이 불가능했던 것.
그 와중에 아이들을 보자마자 뭐가 문제인지 알아낸 것을 보면, 흑적의선이 의선은 의선이었다.
그러고 보니 흑적의선이 나를 보자마자 "급한 환자들이 있냐 보군."이라고 했던 것 같은데?
보통은 급한 환자라고 하지, 급한 환자들이라고는 하지 않지 않나?
환자가 한 명이 아니라는 것을 어떻게 아셨지?

.

.

.

며칠이 지났다.
건혁이와 보연이는 이제 완전히 건강해졌다.
아버지께서는 나에게 사례금을 전달해 주라고 하셨고, 나는 아버지가 주신 사례금을 가지고 흑적의선이 머물고 있는 곳으로 향했다.
흑적의선에 대한 예우로, 작은 별채를 하나 내어 드렸기 때문이다.
그리고 나는 별채에서 나오는 흑적의선과 마주쳤다.

"어디 가십니까?"

"마침, 이 근처에 내 여식이 사는 곳이기에 잠시 다녀오려고 하네."

나는 흑적의선의 딸이 어디에 사는지 알고 있지만 그걸 말할 수 없기에 그걸 감추며 말했다.

"대충 어딘지 알려 주시면 제가 안내해 드리겠습니다."

"그럼 고맙지. 대나무 숲이었던 것 같은데."

"이쪽으로 오시면 됩니다."

나는 흑적의선을 모시고 사부님 댁으로 향했다.

그런데 지금 사부님이 댁에 계시려나?

내가 악양으로 떠나기 얼마 전에 표행을 나서셨는데.

"저, 그런데 여기는 집이 한 채뿐입니다."

"그걸 어찌 아나?"

"제가 일전에 구해 준 아이의 집이 여기에 있어서 알게 되었습니다."

"그런가? 혹시 그 아이가 곽 씨인가?"

"네. 맞습니다."

흑적의선은 나를 가만히 들여다보았고, 고개를 끄덕였다.

"그랬군. 내 외손자를 살려 주어서 고맙네."

"네? 형진이의 외조부님이셨습니까?"

"맞네. 큰손자의 이름이 형진이지."

우리는 곧 사부님 댁에 당도했다.

흑적의선은 바로 집에 들어가는 대신, 나를 보며 물었다.

"그런데 말이야, 자네."
"네?"
"내 사위와 무슨 관계인가?"

(은해상단 막내아들 8권에서 계속)

환상이 숨쉬는 공간 파피루스 blog.naver.com/gnpdl7

『아카데미 학생회장으로 살아남는 법』

아카데미 최악의 개망나니 로엔 드발리스
이 빌어먹을 시한부 빌런의 몸에 빙의했다

[아카데미 유니온의 총학생회장직을 졸업까지 유지하십시오.]

역대급 악명을 쌓은 게임 속 캐릭터
모두가 자신이 없어서 포기한 직책
이권 다툼으로 치열하게 다투는 아카데미

단순하면서도 매우 어려운 클리어 조건

'……그렇다고 해도 못 할 건 아니지.'

비밀이 잠든 잠재력 풍부한 육체
고인물로서의 게임 지식과 경험

대륙 역사에 길이 남을 학생회장의 이야기가 시작된다!

아카데미 학생회장으로 살아남는 법

카카오닙스 판타지 장편소설